Madeleine Bourdouxhe
Vacances

SERIE PIPER

Zu diesem Buch

Die Morgensonne schickt einen breiten Strahl in Thérèses Schlafzimmer. Wie herrlich, einfach so ausgestreckt liegenzubleiben und vor sich hin träumen zu können … Eigentlich haben Thérèse und ihre Freundin Françoise vorgehabt, nach Paris zu gehen und dort berühmte Literaturkritikerinnen, Schauspielerinnen oder Geigerinnen zu werden. Wie ihre Freunde aus dem Café »Diable au corps«, der blasse Daniel, der begabte, etwas arrogante Jean oder der verträumte Luc, haben sich die beiden Mädchen etwas Außergewöhnliches für ihre Zukunft vorgestellt. Dann aber wird Françoise schwanger, und plötzlich müssen Entscheidungen gefällt werden, die mit einem Bohemeleben nicht zu vereinbaren sind. Dieser fragmentarisch gebliebene Roman der großen belgischen Autorin wurde einhellig als eine der wichtigsten Entdeckungen der letzten Jahre gefeiert.

Madeleine Bourdouxhe, geboren 1906 in Lüttich, gestorben 1996 in Brüssel, gehört zu den wichtigsten literarischen Wiederentdeckungen der letzten Jahre. Auf deutsch erschienen mit großem Erfolg die Romane »Gilles' Frau«, »Auf der Suche nach Marie« sowie die Erzählungsbände »Wenn der Morgen dämmert« und »Unterm Pont Mirabeau fließt die Seine«.

Madeleine Bourdouxhe
Vacances

Die letzten großen Ferien

Roman

Aus dem Französischen von
Monika Schlitzer

Nachwort von Faith Evans

Piper München Zürich

Von Madeleine Bourdouxhe liegen in der Serie Piper vor:
Wenn der Morgen dämmert (2067)
Gilles' Frau (2605)
Auf der Suche nach Marie (2969)
Unterm Pont Mirabeau fließt die Seine (3352)
Vacances (3880)

Ungekürzte Taschenbuchausgabe
August 2003

Titel des unveröffentlichten französischen Originalmanuskripts
von 1934/35: »Vacances«

Umschlag/Bildredaktion: Büro Hamburg
Isabel Bünermann, Julia Martinez/
Charlotte Wippermann, Kathrin Hilse
Foto Umschlagvorderseite: General Photographic
Agency/Getty Images
Gesamtherstellung: Clausen & Bosse, Leck
Printed in Germany ISBN 3-492-23880-7

www.piper.de

— I —

Wie üblich redete Jean Raynouart am meisten von allen. Er schmetterte seine Sätze heraus und schlug dazu mit seinem Drehbleistift, den er immer wieder aus der Tasche zog, den Takt in die Luft – oder aber er zeichnete mit dem Nagel seines Zeigefingers kleine senkrechte Striche auf die weißlackierte Tischplatte.

Immer diese knappen, abrupten Bewegungen, die so viel Selbstsicherheit ausstrahlen, dachte Françoise. Und trotzdem empfindet man ihn als sanft, seine Gesten erscheinen weich und geschmeidig. Er gibt einem die Hand mit einem festen kurzen Druck. Aber nein, der Griff lockert sich, die Hand öffnet sich ein wenig, und seine Finger gleiten langsam an deiner Handfläche entlang, die nicht auf diese Berührung gefaßt war.

In dem verräucherten Studentencafé *Diable au Corps* saß Françoise neben Thérèse, gegenüber von Jean und Luc.

Daniel stand neben dem Ofen und wärmte seine langen, schmalen Jungenhände.

»Was du da erzählst, ist unglaublich interessant«, sagte er zu Jean, »aber …« Er sah auf die Wanduhr: »Schon sechs! Und ich wollte heute nachmittag arbeiten.«

»Laß doch, Daniel, bleib noch ein bißchen bei uns, auch wenn deine Genialität dir keine Ruhe läßt.«

»Ach, was soll's, mein Alter, es kommt ja doch nicht viel dabei heraus. Gestern habe ich mich den ganzen Tag mit einem kleinen Gedicht herumgeplagt, das ich seit langem vertonen will. Nichts zu machen, ich bringe einfach nichts zustande.«

»Mein Gott, Daniel«, sagte Thérèse, »wie schnell Sie sich entmutigen lassen. Sie sind gerade mal siebzehn Jahre alt und wollen schon Meisterwerke vollbringen! Lieber Freund, wir haben noch das ganze Leben vor uns. Ihnen fehlt es einfach am Grundvertrauen. Spüren Sie denn nicht, wie viele Reichtümer die Zukunft für uns bereithält? Und dabei, Daniel, wird dieses Warten, das jetzt unser Leben bestimmt, nicht vergeblich sein. Wissen Sie, wenn der Himmel sich verändert und der Wolkenbruch naht – oder wenn auf einmal die Sonne hervorbricht –, habe ich den Eindruck, daß endlich das Unbestimmte eine klare Kontur bekommt. Und auf einmal erkennen wir Dinge, die uns tief berühren.«

Mit einer kurzen Kopfbewegung schüttelte sie ihr feines Haar zurück.

Thérèse hatte ein seltsames Gesicht: Die lange schmale Form hob sich deutlich vom Hals ab und erinnerte ein wenig an einen Pferdekopf; ihre klar blikkenden blauen Augen, von einem Kranz von hellerem Blau umgeben, wirkten riesig in diesem schmalen, angespannten Gesicht; ihr sonderbares Haar war zu weich für diesen langen, nervösen, ein wenig harten Körper.

»Natürlich«, fuhr sie fort, »weiß ich ganz genau, daß wir die Verwirklichung dieses Unausgesprochenen nur in uns selbst finden können. Das wird kommen, Daniel, ich bin mir ganz sicher. Aber wir sind noch nicht reif dafür. Wir müssen zuerst leben, aber ohne Angst vor dem Abenteuer: Es kann nur eine Bereicherung für uns sein. Lassen wir uns einfach treiben. Außerdem, Menschen wie wir werden immer auf die Füße fallen«, fügte sie lachend hinzu.

»Ihren Optimismus hätte ich gern, Thérèse«, antwortete Daniel, »aber ich selbst habe Angst. Für Sie mag es ja stimmen, daß Sie eine Menge Möglichkeiten haben und warten können. Ich dagegen muß meine Ideen sofort umsetzen können. Und wenn das alles nichts weiter ist als Unsinn, dann ist es mir lieber, ich mache mir nicht selbst etwas vor. – Und was die Abenteuer angeht, liebe Thérèse, ich kann daran überhaupt keinen Geschmack finden – das, wonach mir der Sinn steht –«

»Wonach dir der Sinn steht«, unterbrach ihn Jean Raynouart lachend, »das ist die Unendlichkeit. Ein gefährliches Spiel, mein Lieber.«

»Vielleicht hast du recht«, entgegnete Daniel ernst, »aber ich spiele mit offenen Karten.«

»Danke für die Belehrung«, sagte Thérèse und streckte Daniel, der sich erhob, um zu gehen, lachend die Hand entgegen.

»Eigenartiger Typ«, sagte sie nach einer Weile. »Er hat mir einmal einen Brief geschrieben, in dem der Satz stand: ›Mademoiselle, meine Liebe für Sie wäre nicht vergeblich, wenn sie mir helfen könnte, Gefühle in Musik umzusetzen.‹ Unterzeichnet mit Daniel. Und niemals hat er eine weitere Anspielung auf diese angebliche Liebe gemacht.«

»Meine Liebe wäre nicht vergeblich«, wiederholte Luc, »wie manieriert!«

»Manieriert ist das nicht«, sagte Jean Raynouart. »Ich kenne Daniel etwas besser und kann euch versichern, daß er ein durch und durch aufrichtiger Kerl ist. Aber er steht nicht mit beiden Beinen auf dem Boden. Man kann ihn vielleicht als Spinner oder als Mystiker bezeichnen. Auf alle Fälle ist er begabt, und das, was er macht, ist unglaublich gut.«

Damit wandte er sich an Thérèse und meinte: »Und jetzt, erzählen Sie uns von Ihren Erwartungen, Nathanaël! Was wollen Sie denn in zehn Jahren sein? Eine engagierte junge Ärztin im weißen Kittel, die gerade mit einem neuen Serum ein kleines Mädchen rettet, das am Krupp zu ersticken droht? Das Serum ist bereits erfunden. Oder sehen Sie sich als großartige Schauspielerin, deren Loge von Blumen überquillt, oder als Tennisstar oder als treusorgende Ehefrau und aufopfernde Mutter von fünf Kindern – oder vielleicht als Professorin für Latein an unserer Universität? Und, mein Gott, ich habe natürlich vergessen: eine begnadete Klaviervirtuosin, die in einem ausverkauften Konzertsaal vor einem hingerissenen Publikum Mozarts Krönungskonzert spielt!«

»Und Sie, Jean, sind durch und durch negativ und machen sich über alles lustig!«

»Aber ich mache mich nicht lustig, meine Liebe. Was Sie beunruhigt, ist, daß Sie eine Wahl treffen müssen. Ihnen stehen alle Wege offen, zum Teufel noch mal.«

»Sie ziehen mit Ihrer miesen Laune immer alles ins Lächerliche. Sie haben damit natürlich nicht ganz unrecht. Obwohl, vielleicht meinen Sie es in Wirklichkeit gar nicht so. Na ja, eigentlich müßten wir über uns selbst lachen, und über Daniel, und überhaupt über alles.«

Sie suchte die Augen ihrer Freundin – Françoise zündete sich mit abwesendem Blick eine Zigarette an. Ihre Hand zitterte dabei ein wenig.

Jean rüttelte sie mit einer kleinen Neckerei auf: »Immer so schweigsam! Jetzt sagen Sie uns doch mal, was Sie von der Unendlichkeit und von den großen Gefühlen halten.«

»Meine Meinung dazu ist, Jean, daß Sie nach all diesen Reden sicherlich großen Durst haben. Deshalb wäre es am besten, Sie würden nochmals Bier für uns bestellen.«

»Nun hört euch das an! Ist das alles, was Sie zu sagen haben? Wie ernst Sie sein können. Jetzt aber, Françoise! Palmen und die dunkelhäutigen Mädchen von Tahiti!«

»Na, dann geht doch alle nach Tahiti. Das täte euch sicherlich gut. Und schickt mir ein paar Postkarten.«

Jean drehte sich zur Eingangstür des Cafés um. »Ach, da ist Jenny! Sie studiert mit mir im gleichen Jahr«, fügte er etwas leiser hinzu. »Keine Ahnung, woher sie kommt. Stellt euch vor, sie ist vor drei Wochen Mutter geworden. Und sie hat ihr Kind gerade eben an Holländer verkauft. Eine verrückte Geschichte.«

Jenny hatte sich an einen Tisch zu anderen Studenten gesetzt, ganz in ihrer Nähe.

»Hallo, Jenny! Wie geht's?« rief Jean ihr zu.

»Grüß dich! Ganz gut. Und dir? Ich komme nächste Woche wieder in die Vorlesungen. Ich habe jetzt drei Wochen gefehlt. Das werde ich nie mehr aufholen. Ich muß mir von irgend jemandem die Mitschriften besorgen.«

Sie wandte sich wieder ihrer Nachbarin zu und unterhielt sich weiter mit ihr, stieß sie mit dem Ellbogen an und lachte.

Plötzlich richtete sie sich auf: »Scheiße«, sagte sie, »jetzt läuft es schon wieder.« Sie preßte die Hände an ihre nutzlos prallen Brüste, die so sehr schmerzten.

* * *

»Sollen wir ein Stück zu Fuß gehen?« schlug Françoise vor, nachdem sie und Thérèse sich von den anderen verabschiedet hatten. »Ich habe noch Zeit. Meinen Eltern habe ich gesagt, ich würde noch Bücher kaufen, die ich morgen in der Schule brauche.«

Thérèse willigte ein. Nichts zwang sie, nach Hause zu gehen. Sie war Waise und lebte seit ihrer Kindheit bei einem Onkel, der ihr jegliche Freiheit ließ.

Seite an Seite gingen sie den Bürgersteig entlang, der von den Schaufenstern der Geschäfte erleuchtet war.

»Trotzdem, ich muß heute abend noch mal ran«, sagte Françoise mürrisch. »Aber es ist immer dasselbe: Ich gehe in mein Zimmer, setze mich vor meine Bücher, ich lese einige Seiten durch, frage mich, ob das Gedicht jetzt anfängt mit: ›An die Schönste, an die Sanfteste, an die Liebste‹ oder ›An die Schönste, an die Liebste, an die Sanfteste‹. Ich sehe nochmals nach, dann rauche ich ein Zigarette und denke, wenn du hier bei mir wärst, könnte ich dir das und jenes erzählen. – Im Grunde bringe ich einfach nichts zustande. Und diese Aufnahmeprüfung für die Universität! Es sind nur noch ein paar Monate, Thérèse. Ich bekomme Schweißausbrüche, wenn ich nur daran denke.«

Thérèse zuckte mit den Schultern: »Irgendwie werden wir das schon schaukeln.«

»Und du, was hast du heute abend vor?« fragte Françoise.

»Im Tennisclub ist eine Party. Ich habe Raymond versprochen, mit ihm hinzugehen. Er wartet um halb neun auf mich. Ich habe also nicht mehr besonders viel Zeit.«

Schweigend gingen sie durch den dunklen Teil eines

öffentlichen Parks. Unvermittelt blieb Françoise stehen: »Sag mal ehrlich, liebst du ihn denn?«

»Raymond? Spinnst du? Aber ich kann ihn doch ruhig in dem Glauben lassen. Meine Güte, ja, er ist mir nicht gleichgültig. So ist er zufrieden, und *mich* stört es nicht weiter.«

Sie betonte das Wort mit theatralischer Übertreibung und gab dem Satz damit eine komische Wendung.

»Ach, was ist das bloß«, sagte Françoise, indem sie Thérèse weiterzog. »Werden wir immer so sein? Wir nehmen nichts wirklich ernst, sind niemals aufrichtig, weder zu den anderen noch zu uns selbst – außer wenn wir beide allein sind. Es ist wirklich seltsam, aber dich habe ich noch nie angelogen. Wir sind nie mit dem zufrieden, was wir tun. Alles hängt uns zum Halse raus, wir finden alles furchtbar, auch uns selbst, aber gleichzeitig halten wir uns für Genies!«

Thérèse runzelte die Stirn und sagte sehnsüchtig: »Weißt du, was uns eigentlich fehlt, ist ein Liebhaber!«

»Pah, ich glaube kaum, daß das die Lösung ist. Außerdem kann daraus schneller Ernst werden, als du denkst. Was hältst du von dem jungen Arbeiter mit der blauen Mütze, der da auf uns zukommt, so einfach und sanft wie ein Engel? Nein? Du bist aber wirklich schwierig. Und Daniel? Zu rätselhaft, nehme ich an. Jean Raynouart? Zu zynisch. Aber Raymond! Der ist doch Feuer und Flamme für dich.«

»Aber wenn ich ihn doch nicht liebe!«

»Ach, jetzt hast du auch noch den Anspruch, ihn zu lieben. Also, Schätzchen, du bist wirklich ein hoffnungsloser Fall.«

»Willst du damit andeuten, daß ich nicht fähig bin zu lieben? Dann finde mir doch einfach einen Mann, der alles hat, was ich mir wünsche. Ich meine, einen, der dir ähnlich ist.«

»Leider Gottes hat der Himmel es mit uns nicht gut gemeint.«

Eine Blumenverkäuferin kam mit einem Korb am Arm auf sie zu.

»Es gibt ja schon Narzissen«, rief Françoise. »Ich kaufe dir welche. Dann hat Raymond einen Grund, dir eine Eifersuchtsszene zu machen.«

Auf einer Verkehrsinsel in der Mitte der Straße blieb Françoise stehen und sah Thérèse nach, die in die Straßenbahn eingestiegen war. Sie hatte sich aus dem Waggon gelehnt und winkte ihr zum Abschied mit ihrem Blumenstrauß zu. Françoise zog ihr Taschentuch heraus und wedelte mit ausgestrecktem Arm, ohne darauf zu achten, daß die Leute um sie herum diese alberne Szene verwundert beobachteten. Ein Mann streifte sie am Arm und meinte: »Na, meine Hübsche, hat er dich sitzenlassen!«

»Schnauze«, erwiderte sie prompt und biß die Zähne zusammen. Dann überquerte sie die Straße.

* * *

Jean Raynouart war neunzehn Jahre alt. Nachdem er das *Diable au Corps* verlassen hatte, lief er ziellos durch die Straßen. Er hatte keine Lust, nach Hause zu gehen. Ihm grauste vor diesen Familienabenden mit seiner Mutter, die sich zwar für die Familie aufopferte, aber geistig nicht sehr rege war, und seinem braven, fleißigen Vater, der bei einer Versicherungsgesellschaft arbeitete und dessen einziger Wunsch es war, daß sein Sohn es einmal weiter brachte als er selbst. Jean liebte seine Eltern, doch das vergrößerte sein Unbehagen nur noch.

Als Kind war Jean ein gehorsamer Sohn und mustergültiger Schüler gewesen. Da man ihm immer wieder sagte, er habe eine Begabung für die Mathematik, hatte er nicht dagegen aufbegehrt, daß man ihn zu einem naturwissenschaftlichen Studium drängte. Auf der Universität war er anfangs weiterhin der »interessierte« Schüler, der er immer gewesen war. Doch dann hatte er ganz plötzlich seine Freiheit gesucht. Er hatte begonnen zu lesen, verschlang ein Buch nach dem anderen und führte hitzige Diskussionen mit seinen Freunden, die ihn in seinen neuen Neigungen noch bestärkten.

Ein Buch, das ihm ein Kommilitone gegeben hatte, erklärte er aus symbolischen Gründen zu seiner Bibel. Der Student hatte ihm das Bändchen eines Morgens nach einer Vorlesung mit den Worten in die Hand gedrückt: »Da, lies das mal. Für eine Generalreinigung gibt's nichts Besseres.« Titel und Autor waren Jean unbekannt: André Gide: *Uns nährt die Erde.* Zu Hause hatte er das Buch aufgeschlagen und die ganze Nacht hindurch gelesen.

Es regnete. Es war ein Nieseln, das die Kleidung durchdrang und sie nach nassem Hund riechen ließ. Eine Stadt im Norden am Ende des Winters hat etwas unendlich Tristes.

Wo soll ich hin? Eigentlich habe ich keine wirklichen Freunde. Luc, Raymond, Daniel sind fabelhafte Kameraden, wir haben uns alle wirklich gern. Aber ein Freund, zu dem man absolut aufrichtig ist, bei dem man jederzeit auftauchen kann, egal, wie spät es ist, und zu dem man sagen kann: Hör mal, mein Lieber, mir fällt die Decke auf den Kopf. Ich muß mit dir reden …

Unruhig und unzufrieden stellte sich Jean andere Städte vor, südlichere Regionen, andere Freunde.

Jean war sich über sich selbst nicht im klaren. Häufig war ihm nicht bewußt, was ihm wirklich etwas bedeutete. Vor den anderen führte er große Reden, tat so, als habe er sämtliche Skrupel hinter sich gelassen. War er allein, fühlte er sich dagegen unsicher und neigte dazu, in Mutlosigkeit zu versinken. Er war von innerer Unruhe zerrissen und konnte doch seinen Kummer nicht benennen.

Er gehörte zu denen, die stets den Zyniker spielen und dabei vergessen, wie empfindsam sie sind.

Begab er sich, was nur gelegentlich vorkam, in Gesellschaft, konnten die Männer ihn nicht ertragen, weil sie ihn für naiv oder uninteressant hielten. Doch die Frauen mochten ihn: Sie verachteten ihn nicht wegen dieser vermeintlichen Schwächen. Sie bewunderten die Art, wie er sich ausdrückte, und durch ihre merkwürdige Vorliebe für grausame Szenen hatten sie keine Angst, als Zeugen selbst Schaden zu nehmen. Sie verstanden sich schließlich auch darauf, mit mehreren Bällen gleichzeitig zu jonglieren, und konnten verzückt beobachten, wie der schlanke junge Mann sich das Herz zerriß und dabei lächelte wie ein Engel.

Jean setzte seinen traurigen Spaziergang auf den regennassen Gehwegen fort. Vor einer Brasserie war auf einem Schild zu lesen: »Abendessen für 8 Francs«.

Ich rufe meine Mutter an und sage ihr, daß ich bei einem Freund esse, dachte er und betrat das Lokal. Er setzte sich an einen Tisch am Fenster. Wenn jemand vorbeikommt, den ich kenne, kann ich ihn hereinwinken.

Er beobachtete zwei junge Mädchen, die an einem Tisch gegenüber saßen. Die kleine Blonde hat Ähnlichkeit mit Mousy, sagte er sich und dachte an eine Liebesaffäre, die er vor einiger Zeit gehabt hatte. Seine Eltern hatten ihn einmal im vergangenen Sommer, nach einem anstrengenden Studienjahr, jedes Wochenende aufs Land geschickt, wo er sich in einer kleinen Familienpension erholen sollte. Die Pension wurde von einer alten Freundin Madame Raynouarts geführt. Dort hatte er Mousy kennengelernt. Sie war sechzehn. Unter ihrem weißen Baumwollkleid zeichneten sich die Rundungen ihres jungen Körpers ab. Sie gefiel ihm. Sie spielten zusammen Tennis, machten Fahrradtouren und kehrten in Landgasthöfen ein, wo sie über ihren Gläsern Orangenlimonade flirteten.

Morgens badeten sie im Fluß und breiteten dann ihre Bademäntel auf dem warmen Gras aus, um sich darauf in der Sonne trocknen zu lassen. Mousy entdeckte die kleine Narbe auf Jeans Knie und tat, als wäre es etwas Ungeheuerliches. Wenn der junge Mann ihre Gegenwart für einen Moment vergaß und seinen Blick über die Baumwipfel schweifen ließ, die über ihnen in den Himmel ragten, kitzelte sie ihn mit einem Grashalm am Ohr. Dann drehte Jean sich zu ihr um und beteiligte sich wieder an den zärtlichen Spielen.

Das junge Mädchen sprach in aller Unschuld von Verlobung, und Jean, ohne allzu genau zu wissen, was daraus werden könnte, ließ es widerspruchslos geschehen.

Auf der anderen Seite bemühte sich auch Madame Renaud, Mousys Mutter, mit größter Aufmerksamkeit um ihn. Sie scharwenzelte um ihn herum, tat ihm Zucker in den Kaffee, schlug ihm besorgt den Kragen hoch, und abends auf der Terrasse, während ihre Tochter die Schallplatten auf dem Grammophon wechselte, bat sie ihn, ihren Schal aufzuheben, und nutzte die Gelegenheit, ihm schmachtende Blicke zuzuwerfen.

Wenn Jean sich über Schweißausbrüche beklagte, spürte er auf seiner Stirn umgehend eine parfümierte, entsetzlich mütterliche Hand.

Er ließ es geschehen und wurde ihr Liebhaber.

Am Samstagnachmittag um zwei Uhr fuhr Madame Renaud mit dem Auto in die nächstgelegene Stadt, und Jean traf sie dort. Diese Liebesnachmittage mit einer hübschen Frau von vierzig Jahren in einer ihm fremden Kleinstadt hatten für den jungen Mann einen ganz besonderen Reiz. Gegen Abend, wenn Madame Renaud in die Pension zurückfuhr, stieg Jean in die Kleinbahn. Bald fand er Gefallen am Anblick des rötlichen Grases, das sich längs der Schienen erstreckte.

Die Landschaft wurde immer ursprünglicher, und die Bahn erreichte schließlich den kleinen Dorfbahnhof, wo Mousy ihn erwartete. Kurz vor der Ankunft lehnte Jean sich aus der Tür seines Abteils und lächelte dem Mädchen zu. Mousy stürzte auf ihn zu. Ihre nackten Füße steckten in Sandalen mit langen Bändern, die sie über Kreuz um ihre gebräunten Beine gewunden hatte; auf ihrem Kopf saß, keck nach hinten geschoben, eine Baskenmütze, und die Ungeduld, Jean nach fünf Tagen der Abwesenheit endlich wiederzusehen, ließ ihre zierliche Gestalt noch nervöser und aufgelöster erscheinen als sonst.

Das waren wirklich schöne Ferien, in jenem Jahr,

dachte Jean Raynouart, von keinem Skrupel belastet. Seine Besuche hatten so lange gedauert, bis Mousy fassungslos die ganze Geschichte entdeckt hatte.

Er erzählte sein Abenteuer den Freunden und stellte es als eine besonders komische Farce dar, stolz, deren Urheber zu sein.

Während er sein Abendessen für acht Francs verzehrte, das ihm überhaupt nicht schmeckte (Tagessuppe – Sauerkraut mit Speck und Würstchen), wanderte sein Blick unwillkürlich immer wieder zu dem jungen Mädchen, das ihn so seltsam an Mousy erinnerte.

Ich bin doch ein ekelhafter Schuft, ein richtiger Widerling, der alles kaputtmacht. Er schlug mit seinem Ring heftig zweimal an den Rand seines Tellers. Dann bezahlte er und gab dem völlig verblüfften Kellner hundert Sous Trinkgeld.

Trotz allem bin ich zu großzügigen Gesten fähig, überlegte Jean, während er die gläserne Drehtür anschob und hinaustrat.

* * *

Luc war nach Hause gekommen.

Vor einigen Monaten hatte er sein Zimmer aufgegeben und war in eine bis dahin ungenutzte Mansarde gezogen, die er sich nach seinem Geschmack eingerichtet hatte: Die Wände waren in leuchtenden Farben getüncht, die spärliche Möblierung bestand aus einem

Tisch, drei Hockern, dazu eine Hängematte und eine Rolle Tau, das vom salzigen Meerwasser weißlich und steif geworden war. Auf dem Kamin und zwei Regalbrettern lagen verschiedenste Muscheln und Spielzeugboote aus lackiertem Holz. Einige Skizzenblöcke stapelten sich rechts neben der Tür, Bücher und Blätter mit seinen Zeichnungen bedeckten den Boden. Ein direkt auf das Glas gemalter Kreis, einige Zickzack-Linien und lustige, seltsam verformte Fische verwandelten das Dachfenster in ein Bullauge.

Luc saß an seinem Tisch und beendete eine Federzeichnung, die ein riesiges Segelschiff unter vollen Segeln vor einer ausgedehnten Felsküste zeigte.

Luc litt nämlich unter einer tiefen Sehnsucht, der er sich immer wieder gerne hingab: der Sehnsucht nach dem Meer.

Seit dem Tod seines Vaters arbeitete er notgedrungen als Büroangestellter, um für den Lebensunterhalt seiner Mutter aufzukommen. Da er fürchtete, in die Mittelmäßigkeit abzurutschen, hatte er für sich diesen Ausweg erfunden: eine künstliche Welt, in der er sich im Gleichgewicht hielt.

Sowie er einen Tag frei hatte und es sich erlauben konnte, zog Luc eine derbe Hose aus rostfarbenem Segeltuch an, dazu einen weiten marineblauen Pullover mit dem in weißen Buchstaben aufgestickten Motto »Leinen los«.

Die anderen fanden diese Kostümierung originell und witzig. Doch für Luc war es mehr als ein Spiel, denn sobald er sich so gekleidet hatte, schnürte der Name seines Phantasieschiffes ihm die Brust zu und bedrückte sein Herz.

* * *

Die Straßenbahn hielt am Rand des Waldes, der bis dicht an die Stadt heranreichte. Thérèse stieg aus. Die Bahn fuhr weiter in den Wald hinein, und Thérèse folgte noch eine ganze Weile mit den Augen ihren Rücklichtern, die, je nachdem wie die Bäume standen, aufleuchteten und wieder verschwanden. Dann war sie allein, eingehüllt von Dunkelheit und Stille. Sie ging den Weg entlang und traf bald auf die Allee, in der sie mit Raymond verabredet war. Sie tastete sich Schritt für Schritt über den gefrorenen Boden vorwärts, stützte sich mit den Händen an den kalten Buchenstämmen ab.

Ich bin zu früh, dachte sie, er wird bestimmt erst in einer Viertelstunde kommen.

Sie überquerte vorsichtig den flachen Graben, der sich neben dem Weg hinzog, und ließ sich auf dem kalten, trockenen Laub nieder, um zu warten.

Ich weise Daniels Liebe zurück. Ich erwidere die versteckten Annäherungsversuche von Jean Raynouart mit Witzeleien, und dann warte ich hier auf einen Langweiler, den ich nicht liebe und der mir den ganzen Abend auf die Nerven gehen wird. Warum tue ich das? Ich habe keine Ahnung. Ist ja auch egal.

Die Dunkelheit um sie herum wurde durch die dikken Baumstämme noch schwärzer. Thérèse war nicht ängstlich. Sie stellte sich den bedrohlichen Schatten.

Ein starker Mann, der edle Gefährte, für den ich eine tiefe und ernsthafte Liebe empfinde, mit dem ich Hand in Hand ins Leben treten und mit dem zusammen ich mich verwirklichen kann. Wann werde ich ihm endlich begegnen?

Es fing an zu regnen. Die Äste schützten Thérèse ein Weilchen, doch schließlich drang die eisige Nässe durch ihre Kleidung. Sie nahm keine Notiz davon und blieb mit angespanntem Becken und zurückgeworfenem Oberkörper auf ihre Hände gestützt sitzen, die nackten Handflächen auf dem nassen Laub.

Sie liebte diesen muffigen Geruch nach Erde und Wasser, der aus dem Boden aufstieg.

Zwei Scheinwerfer streiften über die Baumwurzeln, bis ihre Lichtkegel, in denen der Regen wie ein goldgelber Nebel glitzerte, schließlich vor Thérèse zum Stillstand kamen.

Thérèse ging auf das Auto zu: »Nun, Raymond, ich hätte reichlich Zeit gehabt, zu Fuß zum Club zu gehen. Beinahe wäre ich allein losmarschiert.«

»Du bist gemein«, sagte er, »und ich habe mir vorgestellt, wir beide würden ganz allein eine kleine Spazierfahrt machen.«

Sie betrachtete ihn eingehend, seinen hübschen Kopf mit der Kappe, wie sie fast alle Studenten trugen, den beigen Gabardinemantel, den er lässig über die Schultern geworfen hatte, die feinen Hände, die noch auf dem Lenkrad lagen. Ein mütterliches Gefühl stieg in ihr auf, und sie sagte voller Wärme: »Na, wir machen ja jetzt eine kleine Spazierfahrt.«

Als sie schließlich neben Raymond im Wagen saß, konnte sie sich auf den Abend, der vor ihr lag, nicht mehr freuen.

Der Wagen glitt langsam die Hauptstraße entlang. Raymond lenkte mit einer Hand; den rechten Arm hatte er um Thérèse gelegt und sie näher zu sich herangezogen. Sie saß mit geschlossenen Augen neben ihm und gab sich ihren Zukunftsphantasien hin.

»Wenn ich dich so im Arm halte«, sagte er, »willst du dann nicht endlich zugeben, daß du mich doch ein wenig lieb hast?«

»Doch«, antwortete sie schnell. Sie wollte den Zauber dieses Augenblicks nicht zerstören, und damit Raymond nicht weiterredete, drückte sie zur Bestätigung sein Handgelenk. Sie legte ihre ganze Zärtlichkeit in diese Berührung.

Raymond schwieg, gerührt von ihrer Geste. Er war einfach nur glücklich darüber, ihren warmen kleinen Kopf an seiner Brust zu spüren. Thérèse hatte die Augen wieder geschlossen und träumte ihren heroischen und unmenschlichen Traum weiter, begleitet von den dumpfen Schlägen in dieser Männerbrust.

* * *

In dem Raum, der ihr als Arbeitszimmer diente, stand Françoise vor der Regalwand und blätterte in ihren Büchern. Sie hatte sie sich gekauft, wann immer sie einige Francs übrig hatte. Sie las, seit sie elf Jahre alt war. In dieser Zeit lebten die Attingers, die von 1914 bis zum Ende des Krieges nicht in ihrer Heimatstadt bleiben konnten, in einem möblierten Appartement in Paris. Am ersten Tag hatte die Hausbesitzerin angeboten, ihren Mietern den Schlüssel zum Bücherschrank zu überlassen. Monsieur Attinger hätte es eigentlich lieber gesehen, wenn der Schrank verschlossen geblieben wäre, da weder er noch seine Frau sich für Literatur interessierten und diese Bücher für ein Kind nicht geeignet waren.

Doch Françoise brauchte nur die große Schublade des Bücherschranks herauszuziehen, und schon kam sie an die Bücher heran, die sie dann abends im Bett verschlang, bis ihre Eltern auch schlafen gingen.

Im übrigen hatte ihre scheußliche grüne Pelerine, die sie zu ihren einsamen Spaziergängen trug, einen Vorteil, der sie ihr etwas weniger verhaßt machte: Sie erlaubte ihr, die gewünschten Bücher mitzunehmen, ohne daß Beulen oder seltsame Ausstülpungen an den Manteltaschen sie verrieten.

»Meine Güte, das Kind muß doch mal ein bißchen an die Luft«, sagte Madame Attinger. »Und wenn wir schon das Glück haben, so dicht an den Buttes Montmartre zu wohnen!«

Ihre heimliche Lektüre gab Françoise zudem reichlich Stoff für ihre kleinen Phantasiespiele. In ihrem Zimmer inszenierte sie vor einem Gerüst aus Stühlen und aus alten Decken, die sie darüber drapierte, mit Bleistiften, die ihr als Pistolen dienten, und Gardinenstangen, die Säbel oder Sonnenschirme vorstellten, die aufregenden Abenteuer der Menschen, die sie in ihren Büchern entdeckte und von denen sie tief beeindruckt und berührt war. Das Zimmer wurde zum Palast des Pyrrhus, zur Theaterloge von Nana oder zur Hütte von Virginie. Von allen Szenen, die sie durchlebte, war jedoch ohne jeden Zweifel die aufwühlendste die, als sie als Madame Bovary den Metallbecher mit den Papierschnipseln auf ihre flache Hand ausschüttete. Für einen Moment empfand sie den Schmerz ihrer Romanheldin beinahe körperlich. Sie ging mit großem Ernst auf den Kamin zu, ergriff die große blaue Steingutvase – Gott sei gelobt! –, tauchte ihre geschlossene Faust mit dem kostbaren Inhalt hinein, um sie gleich wieder herauszuziehen. Dann stopfte sie sich in zwei oder drei Portionen die Papierschnipsel, die schon ein wenig an ihrer feuchten Handfläche festklebten, in den Mund und schluckte sie hinunter.

Den Satz, der sie so sehr berührte, kannte sie auswendig, mitsamt den Kommas und Trennstrichen, die die Wörter durchschnitten und in die folgende Zeile verwiesen; sie hatte ihn immer wieder gelesen, bis sie vor Mitgefühl fast verging, nachdem sie, einige Seiten später, seine volle Tragweite begriffen hatte.

Sie würde diese Szene nie vergessen: Emma »ergriff

das blaue Glasgefäß, riß den Korken heraus, steckte ihre Hand hinein, zog sie, gefüllt mit einem weißen Pulver, wieder heraus und begann, es aus der flachen Hand zu essen.«

Françoise gehörte zu den schüchternen und verschlossenen Kindern, die keine Spielkameraden brauchten, fanden sie doch in ihrer geheimen Phantasiewelt genügend Gefährten. So liebte sie einen kleinen, schmächtigen blonden Jungen mit seinen feinen Gesichtszügen, den sie Pierre Thibaut nannte. Es war eine unschuldige Liebe, die jedoch für sie auch etwas Beunruhigendes hatte: Sie stellte sich vor, wie sie mit ihm zusammen war, und obwohl sie Pierre mit Kosenamen und liebevollen Geschenken bedachte, schien ihr doch immer etwas zu fehlen. Denn sie spürte, daß dies nur ein unvollkommener Ausdruck ihrer tiefen Zuneigung für ihn war.

Françoise war ein neugieriges, unruhiges Kind gewesen. Sie sprach der Wirklichkeit jeden Sinn ab, dafür konnte jeder Gegenstand magische oder beschützende Eigenschaften entwickeln: eine Fahrkarte oder ein Kronkorken konnten zu etwas außerordentlich Wertvollem werden, zu etwas, was auf das engste mit dem Schicksal ihrer Familie verknüpft war. Oft war der Gegenstand sogar selbst Teil der geheimen Welt. In diesem Fall war die Initiation, der Zauberspruch, der Wahrheitsbeweis unnötig; Françoise erkannte instinktiv, daß der Akkordeonspieler, die Farbe Braun oder der Anisgeruch in den Metro-Stationen einen verborgenen Sinn hatten. Von nun an konnten sie nicht mehr als Gegengift wirken; ihre Eigenschaften hatten nichts mit denen eines Totems gemein. Françoise nahm sie mit den Augen, den Ohren und der Nase auf wie etwas sehr Kostbares – für sie waren all diese Eindrücke wie gute Freunde, die sie durchs Leben begleiteten.

Manchmal ergriff die Unruhe von ihrem ganzen Körper Besitz. Zuerst zuckte ihre rechte Schulter, dann zweimal die linke. Danach stülpte sie die Oberlippe auf, zog eine schreckliche Grimasse, und die Kopfhaut schob sich nach hinten, bis ihre Ohren schmerzten. Es war eine ganze Symphonie von Ticks, zuckenden Muskeln, die sich jede Minute wiederholten. Françoise humpelte verrenkt und Grimassen ziehend umher und suchte in ihrer Phantasie vergeblich einen Zustand des Wohlgefühls für ihren Körper.

Aber sie erinnert sich auch an einige friedliche Stunden ihrer Kindheit, zum Beispiel wenn Monsieur Attinger von der Arbeit nach Hause kam. Die Fenster waren geschlossen, die Tür im Flur war verriegelt. Die Mutter beugte sich vor, um die schwere Hängelampe in ihrer Führungsschiene zum Tisch hinunterzuziehen. Das Tischtuch wurde in der Mitte wie von einem Heiligenschein erhellt. Françoise bekam eine vage Ahnung davon, wie beglückend eine Atmosphäre der Vorfreude sein konnte; sie sog mit einem Wohlgefühl den vertrauten Geruch der heißen Suppe ein, der durch die halbgeöffnete Tür in ihr Zimmer zog. Doch nur ein winziges Stückchen Glück mehr, und das Entzücken, das ihr Herz erfüllte, wäre zu groß gewesen, um es zu ertragen.

Immer häufiger steigen Erinnerungen in ihr auf, und es will ihr scheinen, als sei sie ihre jüngere Schwester: Sie sieht sich von einem Sonntagsspaziergang im Mai zurückkehren – waren sie in Fontenay oder in Corbeil gewesen? Sie trägt Weißdornzweige, deren Blüten auf dem Weg schon ein wenig welk geworden sind und ihr an den Händen kleben. Es war ein heißer Tag, und Monsieur Attinger schlägt vor, in einem Café etwas zu trinken. Sie setzen sich in ein Straßencafé, und sie legt ihre Blumen auf den Tisch, auf dem noch die Wasserringe standen.

Der Kellner bringt Granatapfelsirup mit Wasser, und Françoise beobachtet, wie sich die roten Schlieren in ihrem Glas verteilen.

Es ist so heiß. Wird es denn nicht endlich regnen? Schwere Tropfen, die auf dem staubigen Gehweg zerplatzen ... Aber kein Wölkchen zeigt sich am makellosen Himmel, der sich lediglich in der hereinbrechenden Nacht etwas verdunkelt.

Zwei kleine Mädchen in zerknitterten weißen Kleidern gehen vorbei. Das Viertel ist ruhig, von der ersten Hitze des Sommers betäubt. Es ist, als läge eine Botschaft in jedem Hauch. Als enthalte jede der Bewegungen, die sich aus der schläfrigen Stimmung löst, eine tiefere Bedeutung.

Françoise hat eine Ahnung, daß sich bald etwas ereignen wird. Mit der ganzen Ungeduld ihres Wesens wartet sie darauf, daß das Gewitter endlich losbricht, daß jemand mit lauten Rufen das Ende des Krieges oder das Nahen des Feindes ankündigt – was auch immer!

Oder ist es nur etwas in ihr selbst, das ihr Herzklopfen verursacht und mit großen heißen Tränen nach außen zu dringen versucht?

Wenn doch wenigstens eine Musikkapelle vorbeimarschierte – dann wäre sie endlich befreit und könnte ihren Tränen freien Lauf lassen.

Doch der Regen war nicht gekommen, auch nicht der Bote, der aufrüttelnde Nachrichten gebracht hätte, und es kam auch keine Musikkapelle. Françoise hatte bewegungslos dagesessen, mit einem Kloß im Hals, ohne daß aus ihren Augen auch nur eine einzige Träne gedrungen wäre.

Doch an einem Morgen im November war Paris auf einmal verwandelt. Eine unübersehbare Menschenmenge in den Straßen, Blumen, Fahnen und Lieder. Ein amerikanischer Sergeant umarmte Françoise, die mit ihren zwölf Jahren wie fünfzehn aussah. Madame Attinger lachte nur darüber. Alle lachten. Die Menschen redeten davon, daß sie jetzt endlich ihr früheres Leben wieder aufnehmen konnten. Diesmal waren die Zeichen, die die Veränderung ankündigten, zum Greifen nahe. Es würde etwas geschehen.

Diese Erinnerungen lagen noch gar nicht so lange zurück, und dennoch machten sie Françoise völlig ratlos. Heute trauert sie wehmütig und ohne jegliche Gewissensbisse den Kriegsjahren nach, einer Zeit unglaublicher Ferien, in denen alles erlaubt war, selbst die Hoffnung auf unbekannte, weit entfernte Freuden – und die Gewißheit, daß sie sich erfüllen würden.

Sie setzt sich an ihren Schreibtisch; sie stützt den Ellbogen auf das offene Heft und berührt mit ihrer etwas großen Hand ihre hohe, viel zu sorgenvolle Stirn.

Die Siebzehnjährige hat sich seit damals kaum verändert, sie trägt sogar immer noch diese etwas altmodische Frisur: Das schwarze Haar ist rechts gescheitelt und fällt ihr als seitlicher Pony aus einigen glatten, ungleich langen Strähnen auf der linken Seite in die Stirn. Ihre Haltung ist nachlässig wie immer: Die rechte Schulter hängt viel tiefer herunter als die linke. Und die Art und Weise, wie Françoise ihren Blick schweifen läßt, so als wäre nur der Körper anwesend, der Geist aber mit völlig anderen Dingen beschäftigt, hat schon immer jeden irritiert, der sich mit ihr unterhalten hat.

Ihr Gesicht ist allerdings schmaler geworden. Die runden Wangen, die das zerstreute Kind immer etwas einfältig aussehen ließen, sind verschwunden und lassen dafür die Wangenknochen stärker hervortreten.

Sie hat lange über ihren offenen Heften gesessen, ohne darin zu lesen. Sie rauchte langsam ihre dicken Zigaretten aus schwarzem Tabak, die sie sich günstig besorgt hatte und die am Gaumen einen penetranten Nikotingeschmack zurückließen.

Plötzlich ließ die Stimme ihres Vaters, die aus dem unteren Stockwerk heraufdrang, sie hochschrecken. »Jetzt komm schon herunter und geh ins Bett. Deine Mutter kann nicht einschlafen, wenn sie denkt, du müßtest um diese Zeit noch arbeiten.«

Sie ging nach unten und legte sich ins Bett.

Schatten, Einsamkeit. Das vollkommene Abtauchen des Bewußtseins, das dem Schlaf vorausgeht. Die Phantasie entflieht in weit entfernte Regionen, wo sich Gesichter bilden, die sich wandeln, verschwinden und wieder erscheinen, anonym und flüchtig. Naive Seufzer aus tiefstem Herzen: Auf einem Feldweg geht Françoise neben einem jungen dunkelhaarigen Mann. Sie nimmt eine Zigarette aus einem Päckchen, und er beeilt sich, ihr Feuer zu geben. Sie lachen, weil der Wind das Streichholz ausbläst. Es fängt an zu regnen, und der junge Mann legt Françoise seinen Mantel um die Schultern. Er schiebt vor ihr die nassen Zweige auseinander.

Françoise hat sich die Bettdecke bis unters Kinn gezogen. Aufgewühlt drückt sie den Kopf in ihr Kissen, das sich unendlich weich an ihr Gesicht schmiegt.

Ihre Bedürfnisse sind damit nicht gestillt. Die Dunkelheit, eine erstaunliche Komplizin. Der dunkelhaarige Kopf drückt sich sanft an Françoises Schulter. Ein Wohlgefühl durchströmt sie, als sie dieser phantasierten Annäherung zustimmt. Arme umfangen sie, halten sie fest. Ihre linke Hand umschließt ihre rechte Schulter, gleitet zu ihrer Brust, streichelt die entblößten Schenkel, kehrt wieder zur Brust zurück, treibt ihr Spiel mit ihrem jungen unglücklichen Körper, hält schließlich inne, als Herrin eines Geheimnisses, an dem der Geist nicht teilhaben will: Liegt nicht der dunkelhaarige Jüngling neben Françoise?

Doch bald taucht sie aus den geträumten Urtiefen, in denen sie versunken war, wieder auf. Françoise öffnet die Augen. Wie hell es in ihrem Zimmer ist. Sie sieht den Stuhl, auf den sie vor einer Weile ihre Kleider gelegt hat. Den Tisch, der neben dem Bett steht, und die Wasserkaraffe, über die ein Glas gestülpt ist. Ihre Beine fühlen sich beschämend matt und schwer an. Aus ihren Augen rinnen Tränen, die ihr jedoch keinen Trost bringen, denn ihre Ursache ist der tiefe Ekel, den sie im Innersten empfindet.

Diesem Ekel könnte sie nur entgehen, meint sie, wenn sie in einem solchen Augenblick ihren Kopf auf eine liebevolle Schulter legen und dem Rhythmus eines zweiten Atems lauschen könnte, der sich allmählich beruhigt.

Ganz langsam gleitet sie in eine empfindungslose Mattigkeit hinüber. Als sie an der äußersten Grenze zwischen Traum und Phantasie angekommen ist, schreckt sie zusammen und setzt sich im Bett auf: Es war, als hätte sie die Haustürglocke gehört.

»Das kann doch gar nicht sein. Um diese Zeit.« Dennoch lauscht sie gespannt in die Stille hinein, wartet auf einen neuerlichen Ruf, Stimmen, Geräusche.

Immer dieselbe Angst, die wer weiß woher kommt, die sich in der Atmosphäre auflöst, jede einzelne Geste durchdringt, jeden Laut, jeden Gegenstand. Unvorhersehbare Katastrophen lauern überall, jederzeit bereit, Wirklichkeit zu werden.

Françoise steht auf, öffnet das Fenster und lehnt sich weit hinaus: Die Straße ist menschenleer. Fröstelnd wendet sie sich ab und schlüpft wieder unter die Bettdecke. »Schlaf endlich ein, und hör auf mit diesen Dummheiten.« Doch wie sollte sie mit diesem Brummen in den Ohren einschlafen. Sie schüttelt ihr Kopfkissen auf und setzt sich kerzengerade ins Bett. Dann schließt sie die Augen und lauscht eine Weile dem viel zu hastigen Pochen in ihren Schläfen.

Jean Raynouart hatte beschlossen, sofort nach Hause zu gehen und sich gleich ins Bett zu legen. Er war unzufrieden, doch konnte er nach und nach seine innere Unruhe damit vertreiben, daß er sich sagte, er habe noch so viel Zeit.

Thérèse hatte ihre Nachttischlampe ausgeknipst und lächelte bitter bei dem Gedanken, daß sie Raymond wieder einmal auf sehr subtile Weise hereingelegt hatte, und Raymond war ganz glücklich eingeschlafen, weil Thérèse so lieb zu ihm gewesen war.

Luc ging zufrieden ins Bett, weil ihm seine Zeichnung gelungen war. Der Strich war noch nicht ganz perfekt

– das wußte er wohl –, doch er hatte die ganze Poesie seines sehnsüchtigen Herzens hineingelegt.

Schließlich waren alle eingeschlafen.

Bis auf Daniel, der in seinem Zimmer verbissen versuchte, die vollkommene Melodie zu dem Gedicht *Herbst* von Guillaume Apollinaire zu finden.

— II —

Françoise ging mit ihrer Freundin in das enge Arbeitszimmer hinauf. Thérèse setzte sich aufs Sofa und kuschelte sich in die Kissen: »Hier kann man sich so richtig wohl fühlen. Man sieht sich selbst auf einmal viel klarer. Du kannst dir nicht vorstellen, wie froh ich bin, daß wir uns endlich wiedersehen.«

Über die Osterfeiertage hatten sie einander nicht getroffen. Luc, Thérèse, Raymond und Jean waren zusammen am Meer gewesen. Françoise hatte die Stadt nicht verlassen. Sie hatte Thérèses Briefe mindestens zehnmal gelesen. Der letzte enthielt nur einige hastig hingekritzelte Wörter: »Wie schrecklich, dich in einem so entsetzlichen Moment nicht in der Nähe zu haben! Fürchterliche, nein, göttliche Gedanken quälen mich. Aber ich reagiere immer falsch. Genauer gesagt bin ich schlichtweg schwach. Süß und köstlich erschöpfend, o zärtliche Schwäche, du bist nur ein Wort, denn Schwäche = Stärke, zumindest manchmal. Ich komme Freitag zurück, halte dir den Abend frei (Vorwand: für die Prüfungen pauken, sobald ich wieder zurück bin). Ich komme zu dir, sobald ich kann; hab dir so viel zu erzählen!«

Obwohl dieser gespielt pathetische Stil alle Briefe

kennzeichnete, die Françoise und Thérèse sich schrieben, kündigte dieser Brief etwas Besonderes an, und Françoise hatte gespannt auf die Rückkehr ihrer Freundin gewartet.

»Gib mir doch ein Zigarettchen.«

Françoise warf ihr eine Zigarette zu. »Da. Hast du Feuer? Gut, dann schieß los!«

»Also, wie soll ich sagen ... Bis jetzt war das zwischen Raymond und mir ... sagen wir, so etwas wie ein Flirt, obwohl ich dieses Wort eigentlich überhaupt nicht leiden kann. Aber jetzt –«

Françoise unterbrach sie brüsk: »Wie! Bist du etwa –?«

Thérèse beruhigte sie: Nein, man mußte nicht immer gleich an das Schlimmste denken, aber trotzdem saß sie jetzt ganz schön in der Patsche, meinte sie. Sie drückte sich sehr klar und präzise aus, ihre Miene war nüchtern und ruhig. So als spräche sie über einen geometrischen Lehrsatz. Aber selbstverständlich war das der angemessene Ton, um über eine so ernste Situation zu diskutieren. Aufblitzende Blicke, hin und wieder ein verstehendes Lächeln, ironische und hintergründige Bemerkungen sorgten für ein gewisses Gleichgewicht.

»Aber, du hast mir doch gesagt, daß du ihn nicht liebst. Hast du etwa deine Meinung geändert?« fragte Françoise.

»Nein, dazu stehe ich noch immer.«

»Könnte es dann vielleicht sein, daß du ihn ... begehrst?« Françoise blies lässig eine große Rauchwolke zur Decke, während sie diese Frage stellte.

»Diese Art von Empfindung ist kaum etwas für mich«, antwortete Thérèse, indem sie es ihr nachtat.

»Was soll das heißen? Das mußt du mir erklären.«

»Nun, es ist eigentlich gar nichts Besonderes vorgefallen. Es war eher eine ganze Reihe von Stimmungen, Worten, die alles vollkommen verändert haben.«

So zum Beispiel an dem Tag, als sie alle zusammen einen Spaziergang durch die Dünen machten. Thérèse hatte ihr weißes Kleid angezogen, dazu die engtaillierte rote Weste. Sie fühlte sich so leicht und ungezwungen und hatte ein merkwürdiges Gefühl von Macht, so als hätte sie sowohl das Leben anderer Menschen als auch ihr eigenes vollkommen in der Hand: Ich müßte es nur wollen.

Nachdem sie eine Stunde lang gelaufen waren, kamen sie in ein Fichtenwäldchen, wo sie sich, einander zugewandt, auf dem weichen Boden ausstreckten. Die Situation war verführerisch, Thérèse konnte der besonderen Stimmung dieses Augenblicks nicht widerstehen. Zwischen ihnen herrschte schon länger eine verliebte Spannung. Sie mußte also nicht erst geschaffen werden. Eigentlich schade. Aber man konnte diese Atmosphäre schließlich intensivieren und subtil in die gewünschte Richtung lenken. Thérèse setzte ihre Gesten sehr bewußt ein. Sie wußte gut, daß ihr Blick viel ausdrucksvoller wurde, wenn sie die linke Augenbraue leicht nach oben zog.

Ihr war klar, welche Worte und Gesten Raymond unbewußt erwartete, und sie sagte diese Worte, setzte diese Gesten ein. Es funktioniert. Ich lande einen Treffer nach dem anderen, dachte sie. Und sie hatte recht – und sie war so gut, daß Raymond Thérèse nie mehr vergessen würde. Als sie sich auf den Rückweg machen, betrachtet er sie gerührt und von seinen Gefühlen überwältigt. »Sie hat gesagt, ich sei der Mann ihres Lebens«, sagt er sich überglücklich immer wieder.

Thérèse steht vor ihm und streift sorgfältig die Fichtennadeln von ihrem Kleid und schüttelt ihr Haar. Sie sieht entzückend aus, eine zierliche rotweiße Gestalt zwischen den hohen dunklen Bäumen. »Meine Haare sind bestimmt fürchterlich zerzaust«, sagt sie lachend.

Mit ungewöhnlicher Klarsicht fragt sie sich, woher sie dieses Gift plötzlich nimmt, das sie eben so genüßlich verspritzt hat, ohne weiter darüber nachzudenken. Kurz nachdem sie die zärtlichen Worte gesagt und Raymond liebkost hat, ist ihr Herz vollkommen leer. Sie ist davon unberührt und unverändert, als wäre nichts gewesen, und denkt: Ach, Thérèse, du bist unbelehrbar.

»Wie soll ich da jetzt bloß wieder rauskommen?« fragt sie Françoise, »nach all den Versprechungen! Ich bin selbst schuld. Aber weißt du, ich konnte einfach nicht widerstehen, die Rolle der begehrten Frau zu spielen. Zu spüren, wie etwas wirkt, was man im richtigen Moment sagt. Es macht einfach Spaß, eine solche Stimmung zu schaffen. Und dann läßt man es so weiterlaufen. Auf einmal geht alles wie von selbst, wenn man sich einmal die Mühe gemacht hat, diese Atmosphäre aufzubauen. Und es wäre einfach lästig, alles wieder richtigzustellen, jemanden zurückzuweisen, ihm eine Ohrfeige zu geben.«

»Mit anderen Worten: Du hast dich aus Bequemlichkeit mit ihm verlobt. Ssssehr interessant.«

»Pah, wenn du so willst.«

»Tja, da hast du ganz schön Mist gebaut!«

»Ich bin nicht zu dir gekommen, um mich anschnauzen zu lassen.«

»Ich schnauze dich nicht an. Es ist doch klar, daß es ein ganz besonders toller Mist ist, wenn du ihn gebaut hast.«

»Besten Dank, meine Teuerste«, sagt Thérèse und macht eine kleine Verbeugung.

Françoise betrachtet Thérèse, die ausgestreckt auf dem Sofa liegt. Unter dem engen Rock zeichnen sich ihrer muskulösen Schenkel ab, und die nach hinten gestreckten Arme spannen die blaue Strickjacke, so daß sich ihre mädchenhaften Brüste noch deutlicher abzeichnen. Françoise bewundert die ungezwungenen Bewegungen, die schöne Wölbung der Füße, die gebräunten Hände, die Thérèse jetzt auf ihre Hüften gelegt hat. Sie hat Thérèse sehr gern! Diese Freundschaft ist mehr als das Verständnis, das sie einander entgegenbringen, und eine Menge Erinnerungen aus der gemeinsamen Schulzeit. Es ist etwas, was viel tiefer geht und sogar ein wenig schmerzt. Sie empfindet auf einmal eine unendliche Zärtlichkeit für Thérèse, weil sie spürt, daß sie in Gefahr ist.

»Sag doch irgend etwas«, bittet Thérèse mit trauriger Schmollmiene.

»Mach dir keine Sorgen, das wird schon wieder. Er wird es mit der Zeit merken, nach und nach, ohne groß zu leiden. Und überhaupt ... Wie sagt Mama Juju in dem Roman *Les Thibault* immer: ›Das ist doch alles nicht so wichtig, Hauptsache, man ist gesund.‹«

»Ja. Setz dich, Schätzchen, das geht vorüber.«

Sie brechen in lautes Gelächter aus.

»Wir haben immer was zu lachen«, meint Thérèse, »sogar in den tragischsten Momenten. Das ist doch schrecklich mit uns. Und wir können nichts dagegen tun. Wir sollten ein Gedicht über dieses Thema schreiben, im Stil von Baudelaire.«

Françoise tut so, als würde sie sich konzentrieren: »Es könnte so anfangen: Wir schlossen mit dem Spotte einen grimmen Pakt.«

»Göttlich!« ruft Thérèse aus. »Und weiter: Geist nährt obszöne Scherzereien,

Beflügelt ... ahm ...«

»Warte ... beflügelt unser aufgewühltes Herz«, vollendet Françoise mit einem Lachen.

»Bravo! Das Ganze nochmals von vorn ...«

Thérèse beginnt im Zimmer auf und ab zu gehen

und mit weit ausholenden komischen Gebärden zu deklamieren.

»Das reicht«, sagt Françoise. »Das klingt zu scheußlich. Lassen wir's gut sein.«

»Uff ... Ja, du hast recht. Ich muß gerade an etwas denken – eigentlich hat es gar nichts damit zu tun –, wir haben ja nur Spaß gemacht. Aber auch wenn wir ernsthaft etwas schreiben wollen, verlieren wir doch sofort wieder die Lust. Dabei müßten wir uns, ganz im Gegenteil, für das begeistern, was wir tun, und damit weitermachen. Meinst du, daß das, was unsere Lieblingsschriftsteller mit siebzehn Jahren geschrieben haben, tatsächlich gut ist? Ich denke, das ist es nur in den seltensten Fällen. Aber sie haben sich selbst wahrscheinlich ernster genommen als wir. Sie haben einfach immer weitergearbeitet – das muß es gewesen sein.«

»Vielleicht hast du recht«, sagt Françoise. »Aber du weißt doch, wie das ist. Ach, ich versuche es immer wieder. Und wenn ich es dann noch einmal lese, oder wenn ich an Gide denke – oder an Mauriac zum Beispiel, dann sage ich mir, daß es wirklich keinen Sinn hat, und ich zerreiße es. Aber trotzdem, wenn ich es nicht eines Tages schaffe, ein Buch zu schreiben, weißt du, dann ist mein Leben verpfuscht.«

Sie setzen sich nebeneinander auf das Sofa.

»Erinnerst du dich noch?« fährt Françoise fort, »auf dieser Klassenfahrt, als wir abends zusammen losgezogen sind und uns vorgestellt haben, wir würden nach Paris fahren?«

Sie waren zu dem kleinen Dorfbahnhof gegangen, der um diese Uhrzeit menschenleer war, und hatten sich auf den Bahnsteig gesetzt, um auf die Ankunft eines imaginären Zuges zu warten. »Hast du deine karierte Reisedecke?« hatte Thérèse gefragt. »Ja, und du, hast du deine Reisetasche? Wir nehmen uns ein Zimmer in der Nähe vom Boulevard St. Michel. Und dann suchen wir uns über eine Jugendzeitschrift irgendeinen Job. Gib mir eine Zigarette. Ist dir nicht kalt? Hier, komm mit unter meinen Mantel.« Sie hatten ihre Ausbruch-Phantasie auf diesem Bahnhof, auf dem keine Züge fuhren, bis zum Morgengrauen weitergesponnen. Dann hatten sie sich in das nachtschlafende Hotel zurückgeschlichen, schwankend vor Müdigkeit und mit einer großen Leere im Kopf von den vielen Zigaretten.

»Ja, ich erinnere mich genau«, sagt Thérèse. »Das war eine schöne Idee. In Paris leben, als Literaturkritikerinnen, wir beide zusammen.«

»Wir können das eines Tages wirklich in die Tat umsetzen. Stell dir das vor: alles hinwerfen und weglaufen.«

»Ich trau mich nicht«, sagt Thérèse bitter.

»Nein, wir trauen uns wohl beide nicht.«

»Geht's dir jetzt ein bißchen besser?« Françoise legt spontan ihre Hand auf Thérèses Hand. Doch instinktiv rücken beide gleich wieder voneinander ab.

»Eigentlich ist es komisch«, murmelt Françoise und blickt vor sich auf den Boden. »Es gibt überhaupt nichts Zweideutiges in unserer Freundschaft, und trotzdem haben wir immer Angst davor.«

»Ja, das habe ich auch schon öfter gedacht. Aber ich glaube, dafür gibt es eine einfache Erklärung: Wir haben nie Zärtlichkeiten ausgetauscht, wie das sonst unter Freundinnen üblich ist. Die anderen umarmen sich, wenn sie sich nach der Schule verabschieden, wenn die eine die andere tröstet, tätschelt sie ihr die Wange, streicht ihr eine Haarsträhne aus dem Gesicht. Wir haben das nie gemacht – leider.«

»Ja, und wenn wir es doch einmal versuchen, wie ich gerade eben, ist es uns beiden peinlich. Eigentlich ist das sehr schade.«

»Also gut, dann strengen wir uns jetzt einmal an. Ich habe heute sowieso ein bißchen Weltschmerz und kann eine starke Schulter gebrauchen. Einen dicken Kuß auf jede Backe, einverstanden?«

»Ich? Jetzt?« fragt Françoise schüchtern.

»Oder – es ist gerechter, wir lassen das Los entscheiden, wer von uns beiden anfangen muß. Ich werfe diese Streichholzschachtel in die Luft. Die Oberseite bist du, die Unterseite bin ich. Los geht's!«

Die Schachtel fällt auf eine der beiden Schmalseiten.

»Siehst du, der Zufall will keiner von uns den Vortritt geben. Wir müssen beide gleichzeitig anfangen.«

Verschreckt sitzen beide da, ohne sich zu rühren.

»Machen wir das Licht aus«, sagte die eine.

»Eins, zwei, drei, vier ...«

In der Dunkelheit finden sich ihre Arme, und die Lippen der einen suchen die Lippen der anderen.

Sie küssen sich lange und mit einer Intensität, die alles andere als rein freundschaftlich ist.

Françoise spürt Thérèses Kopf, der sich an ihre Wange und an ihre Schulter schmiegt. Thérèse schluchzt. Françoise schlingt ihre Arme um sie und hält sie fest. Sie weint nicht. Sie gibt sich ganz diesem besonderen Moment hin.

Thérèse löst sich langsam aus der Umarmung. Françoise hört, wie sie sich die Nase putzt und dann noch unter Tränen lacht: »Kind, sei mein Fetisch ...«

»Schon wieder zum Scherzen aufgelegt«, antwortet Françoise liebevoll.

Sie dreht den Lichtschalter und setzt sich an ihren Schreibtisch, Thérèse gegenüber. »Was zwischen uns passiert, muß uns nicht beunruhigen.«

»Im Gegenteil. Für heute ist es mit dem Weltschmerz vorbei. Tiefe Ruhe, absoluter Gleichmut.«

»Es ist einfach noch eine weitere schöne Erinnerung für uns. Ab morgen werden wir uns trotz allem in die Arbeit stürzen, was? Wir wiederholen die ganze mittelalterliche Geschichte und büffeln mindestens zehn Absätze Latein: dann haben wir das wenigstens schon mal hinter uns. Vielleicht schaffen wir diese Prüfung ja mit ein bißchen Glück, obwohl wir nie etwas dafür getan haben.«

»Mist! Es ist schon halb zwölf«, sagt Thérèse nach einem Blick auf ihre Armbanduhr. »Ich muß los!«

»Wir müssen beim Runtergehen leise sein. Meine Eltern liegen wahrscheinlich schon im Bett.«

Thérèse setzt eilig ihre Baskenmütze auf und öffnet die Tür. Mit der Hand an der Türklinke wendet sie sich zu Françoise um und sieht sie mit ihrem kleinen Kindergesicht an: »Und, weißt du, wenn ich dich nicht hätte, und wenn du mich nicht hättest, dann könnten wir uns gleich einen Strick nehmen.«

Sie gehen vorsichtig die Treppe hinunter und öffnen die Eingangstür, ohne ein Geräusch zu machen.

Thérèse drückt Françoises Hand. »Salut, mach's gut.«

»Du auch. Gute Nacht, schlaf gut.«

* * *

Am selben Abend ließ Daniel sich lange durch die dunklen Straßen treiben. Es war eine milde Mainacht. Er wollte sie bis ins kleinste auskosten – es mußte diese Nacht sein, keine andere. Schließlich erreichte er den Stadtrand, wo nur noch einige wenige Häuser in der düsteren Weite der noch unbebauten Flächen verstreut waren. Daniel ging schneller, es zog ihn in die ländlicheren Gegenden vor den Toren der Stadt.

Erst als er ein ausgedehntes Plateau mit Birken und Ginster erreichte, verlangsamte er den Schritt. Er kannte diese Stelle gut, weil er als Kind oft hier war, und so konnte er sich trotz der Dunkelheit gut orientieren. Auf einer schmalen Lichtung hielt er an, wikkelte sich in seinen Mantel und legte sich auf die Erde. So blieb er in unendlicher Traurigkeit bis zum Morgengrauen liegen, den Blick zum Sternenhimmel gerichtet.

Daniel lauschte dem Zwitschern der ersten Vögel und dem entfernten Krähen der Hähne, die einander antworteten. Doch die meiste Zeit herrschte eine tiefe, bedrückende Stille. Bis er auf einmal vereinzelte Fetzen von Musik hörte, die sich in seine Richtung zu bewegen schienen. Diese dumpfen Harmonien entsprangen jedoch seinem eigenen Inneren. Er komponierte eine Melodie, die er mehrfach wiederholte. Diese Klänge riefen andere hervor. Daniel verzehrte sich nach diesen Melodien. Er murmelte leise: »Und von diesen Harmonien eingehüllt, gelangen wir …« Er konnte den Gedanken nicht vollenden. »Zu Gott«, sagte er schließlich. »Und wir stehen ihm von Angesicht zu Angesicht gegenüber.« Daniel seufzte, er fühlte, wie ihn seine Kräfte nach und nach verließen, und streckte sich wieder auf dem Boden aus. Die eiskalten Hände preßte er auf seine Brust. Ein Schwindel betäubte ihn und erfaßte seinen ganzen Körper. Er gab sich diesem Gefühl hin.

Seine Augen waren geschlossen, und auf seinem blassen Gesicht lag ein Ausdruck von Glückseligkeit, so daß er fast aussah wie ein lebloser junger Gott.

Daniel hörte das Lachen und die Stimmen von Kindern. Er stand auf und bewegte sich auf den Waldweg zu, auf dem ihm eine Gruppe von Kindern entgegenkam.

»Geht ihr so früh schon in die Schule?« fragte er.

»Seit diesem Jahr gehen wir aufs Gymnasium. Wir haben einen ziemlich weiten Schulweg.«

Sie hatten ihm die Antwort im Vorbeigehen zugerufen und lachten und schwatzten, als sie sich entfernten. Einer von ihnen schoß mit dem Fuß einen Stein vor sich her. Der nächste nahm ihn auf und kickte ihn weiter. Wer nicht das Glück hatte, den Stein zu treffen, setzte seinen Weg schleppend fort, die Schultasche mit beiden Händen an den Körper gepreßt.

Daniel blickte ihnen lange nach.

»Mögen Sie Kinder?« fragte Stravrogin.

»Ja, ich mag Kinder«, antwortete Kirilov mit gleichgültiger Stimme.

»Dann lieben Sie auch das Leben?«

»Ja, ich liebe das Leben! Wundert Sie das?«

Daniel zitierte diese Sätze in Gedanken und lächelte hintergründig. Er beeilte sich, die Kinder einzuholen, und ging mit ihnen zusammen in die Stadt zurück.

* * *

Thérèse und Françoise hatten sich vorgenommen, am nächsten Tag mit dem Lernen zu beginnen. Und das taten sie auch – zwei Stunden lang. Aber am Nachmittag meinten sie, daß eine zweisprachige Ausgabe ihres lateinischen Textes ihre Arbeit entschieden vereinfachen würde. Glücklich darüber, diesen ehrenhaften Vorwand gefunden zu haben, um ihren Aufgaben eine Zeitlang den Rücken zu kehren, gingen sie los, um das Buch zu kaufen.

»Und was jetzt?« fragte Thérèse, als sie die Buchhandlung verließen.

»Jetzt«, antwortete Françoise mit vielsagendem Lächeln, »könnten wir uns eigentlich den wirklich wichtigen Dingen zuwenden.« Sie unterbrach sich brüsk. »Daniel!« rief sie aus, »da, auf der anderen Straßenseite. Laß uns hinübergehen. Wir haben ihn seit zwei Wochen nicht mehr gesehen.«

Ein Lastwagen blockierte die Straße, so daß sie sie nicht überqueren konnten. Als sie schließlich auf dem gegenüberliegenden Gehweg ankamen, war Daniel verschwunden. Sie hofften, ihn auf der Straße einzuholen, und gingen mit schnellen Schritten weiter. Sie kamen an einer Apotheke vorbei, und da sie, in der Hoffnung, Daniel irgendwo zu entdecken, geradeaus schauten, bemerkten sie nicht, daß er im Laden stand. Er preßte die Hand auf die Stirn und erklärte dem Apotheker, daß er unter unerträglichen Kopfschmerzen leide und eine Veronaltablette brauche, die er am Abend vor dem Schlafengehen nehmen wolle. Er bekam sie. Es war die sechste, die er sich an diesem Nachmittag auf diese Weise beschafft hatte.

* * *

Am Montagmorgen kam Thérèse eine Viertelstunde zu spät zum Unterricht. Sie murmelte eine schnelle Entschuldigung in die Richtung des Lehrers und setzte sich auf den erstbesten Platz.

Zwei Bänke weiter saß Françoise und beobachtete ihre Freundin. Sie fand es merkwürdig, daß sie ihr keinerlei Zeichen machte.

Thérèse wandte den Kopf – Françoise konnte kaum einen Blick auf ihr angespanntes Gesicht erhaschen, als sie sich auch schon wieder umgedreht hatte. Thérèse saß zusammengekrümmt auf ihrer Bank, legte ihren Kopf auf die Arme und schluchzte.

Als der Lehrer und ihre Mitschüler sie ansprachen, sagte sie gereizt: »Es ist nichts ... Ich hätte nicht kommen dürfen ... Mir geht es heute morgen nicht gut.«

Sie rieten ihr, ein wenig nach draußen zu gehen und erst wiederzukommen, wenn sie sich besser fühlte. Françoise bat darum, sie begleiten zu dürfen.

Der Korridor war leer, die Türen aller Klassenzimmer waren geschlossen.

»Was hast du? Sag's mir doch.«

»Daniel hat Gift genommen.«

Sie standen sich eine Weile gegenüber, ohne ein Wort zu sagen, sahen sich nur verstört an.

»Ist er ...?« fragte Françoise leise.

»Ja. Es ist vorbei. Er war gestern den ganzen Tag im Koma – er ist am Abend gestorben. Jean hat mich heute morgen angerufen. Ich bin gleich zu dir gelaufen, aber du warst schon weg.«

Thérèse weinte nicht mehr – sie stützte sich auf das Geländer der Galerie im ersten Stock und starrte hinunter auf den rechteckigen leeren Schulhof.

Sie hörten die Stimme des Lehrers hinter der Tür: »... sein Vaterland von der Gefahr zu befreien ... fuerit honori – hat ihm Ehre eingetragen ... gloriam esse praemium aplissinorum – wenn über die Belohnungen Buch geführt werden sollte, wäre der Ruhm die größte Belohnung ... Nur der Ruhm kann uns über die Begrenztheit des Lebens hinwegtrösten ... das einzige, wodurch wir leben werden, wenn wir tot sind – viveremus, Konjunktiv im Relativsatz ...«

Im Erdgeschoß öffnete sich eine Tür, und eine Schülerin aus einer der unteren Klassen überquerte den Schulhof. Sie trug ein großes bemaltes Zeichenbrett, auf dem ein menschliches Auge in dreifacher Größe zu sehen war.

Aus einem Klassenzimmer gegenüber hörten sie die Schüler im Chor lachen. Dann herrschte wieder Stille.

Doch hinter ihnen erklang erneut die Stimme: »Hane denique esse cujus gradibus etiam himines in coelum viderentur ascendere ...«

Ascendere in coelum – ASCENDERE IN COELUM.

»Laß uns verschwinden – gehen wir irgendwo hin, nur weg«, stieß Françoise plötzlich hervor. »Ich halte es hier nicht aus. Ich habe das Gefühl zu ersticken.«

Sie ging zurück ins Klassenzimmer und erklärte dem Lehrer, daß Thérèse sich nicht besser fühle und nach Hause gehen wolle; sie bekam die Erlaubnis, sie zu begleiten.

Draußen bogen sie in die nächstbeste Straße ein, gingen automatisch zu einem Platz, wo sie sich auf eine Bank setzen.

»Warum? Warum?« fragte Thérèse mit klagender Stimme. »Das hätte er nicht tun dürfen. Er war nur einige Monate älter als wir ... Siebzehn Jahre! All seine Hoffnungen und Träume ... Und wegen seiner Mutter – seiner Schwester. Nein, das ist feige, es ist so feige!« Sie schrie es empört hinaus.

»Sei endlich still«, sagte Françoise. »Laß ihn in Ruhe.«

»Sag mir doch bloß, warum?«

»Vielleicht waren es seine literarischen Schwärmereien. Erinnerst du dich, wie oft er uns von dieser Stelle in den *Besessenen* und von Hippolyt im *Idioten* erzählt hat? Aber vielleicht hat er es auch aus einer momentanen Verzweiflung heraus getan, nachdem er einige Takte verpatzt hat ... Wenn er es nicht überhaupt – wie soll ich sagen – aus reiner Anständigkeit getan hat.«

»Aus Anständigkeit?«

»Nun ja, er hat gedacht, seine Musik würde niemals etwas taugen. Und du weißt ja, wie er es gehaßt har, zu versagen. Ach! Ich weiß es einfach auch nicht. Armer Daniel.«

Jetzt war es Françoise, die in Tränen ausbrach, aufgewühlt und ohne wirklich zu begreifen, daß Daniel tot war. Sie waren durch die unfaßbare Tat ihres Freundes so außer sich, daß sie noch nicht einmal wirklichen Schmerz empfinden konnten. Sie hatten sich noch nicht klargemacht, daß Daniel nicht mehr lebte. Daß er nie mehr mit ihnen zu einem Konzert kommen würde, nie mehr mit ihnen in seiner linkischen Art im *Diable au Corps* das Glas erheben würde.

Sie weinten viel mehr über ihren eigenen Kummer als über Daniels Unglück.

Schließlich standen sie auf und gingen weiter – wie zwei verzweifelte Kinder, die nach der Schule verloren durch die Straßen irren. Sie waren unendlich traurig, denn einer ihrer Freunde hatte sich soeben das Leben genommen und sie verlassen.

* * *

Daniels Mutter betrachtete ihren toten Sohn, sprachlos vor Entsetzen. Sie suchte vergeblich nach einer Ursache für diese unbegreifliche Tat. Was hätte für eine Mutter auch ein verständlicher Grund sein können, daß ihr Kind sich auf diese Weise willentlich von ihr löste?

Die Augen vor der Welt verschlossen, hütete Daniel das Geheimnis eines frühreifen Kindes, das endlich von seinen quälenden Ferien erlöst war.

* * *

Die Jugend besitzt die Gabe, ein Drama zum Symbol zu erheben. Von allem Wirklichen gereinigt, zerreißt es einem nicht länger das Herz, und man kann es betrachten wie eine antike Tragödie.

Jean besaß ein Photo von Daniel. Sie alle betrachteten das Bild mit stummem Schmerz.

Sie dachten oft an ihren Freund – doch sie umgaben ihn mit einer Aureole aus Ruhm und Poesie, sie feierten ihn, als hätte er nie unter ihnen gelebt.

— III —

Seit einer halben Stunde wartete Jean Raynouart vor einem offiziell wirkenden großen Gebäude, eine strenge Architektur inmitten eines Parks. In diesem Gebäude hatten Françoise und Thérèse an diesem Nachmittag ihre letzten Prüfungen für die Aufnahme in die Universität abgelegt. Die Türen hatten sich gerade geöffnet, und Gruppen von lebhaft diskutierenden jungen Leuten strömten heraus. Jean erblickte Françoise und Thérèse, die auf ihn zustürzten.

»Jean, es ist geschafft! Wir haben bestanden!«

»Juhu!« rief er aus, faßte beide an den Armen und rannte mit ihnen auf die Straße.

»Ich habe nichts anderes erwartet«, sagte er, als sie nach einer Weile anhielten. »Eure schriftlichen Arbeiten waren toll, und heute mit Latein mußtet ihr einfach den Rest schaffen.«

»Trotzdem, mit dem, was wir vorher getan haben, war es eine reine Glückssache.«

Gewiß, Françoise und Thérèse war klar, wie tollkühn sie sich in dieses gefährliche Abenteuer gestürzt hatten – und das gestanden sie einander nur unter vier Augen ein –, dennoch war dieser kleine Sieg für sie nun auch wieder nicht so erstaunlich.

»Wartet einen Moment auf mich«, bat Françoise. »Da ist eine Post. Ich rufe schnell zu Hause an, meine Eltern sind sicher auch ganz aufgeregt.«

Mit dem Hörer in der Hand dachte Françoise: Als ich völlig teilnahmslos auf das Ergebnis dieser Prüfung gewartet habe, konnte ich mir diesen Moment überhaupt nicht vorstellen. Sie empfand plötzlich eine riesige Freude, als sie der Vermittlung die Nummer ihrer Eltern nannte.

Thérèse verabschiedete sich von ihren Freunden.

»Wir können ja ein Stück gemeinsam gehen«, schlug Jean Françoise vor. »Gehen wir zu Fuß?«

»Ja, gern.«

»Erzähl mir doch ein bißchen, was du jetzt vorhast«, bat er, nachdem sie einige Minuten gegangen waren, ohne daß Françoise ein Wort gesagt hätte. »Jetzt steht dir der Weg zur Universität und den großen Dingen des Lebens offen! Zufrieden?«

»Ja, natürlich«, antwortete sie mit ausweichendem Lächeln. »Aber ...« Sie verstummte und ließ traurig ihren Blick schweifen. Ihre Freude war nur von kurzer Dauer gewesen, und sie fragte sich jetzt, welche großartigen Auswirkungen dieser Erfolg haben konnte. Die Aufnahme an die Universität, ein Lateinstudium, vielleicht Philosophie, um später wieder neue Prüfungen bestehen zu müssen.

Auch nach diesem Erfolg blieb alles bedrückend und düster – wie diese staubige Sommerstimmung, in der die lastende Schwüle eines ganzen Tages lag. Jean bohrte nicht weiter, er hatte diese Sätze ohnehin nur gesagt, um irgend etwas von sich zu geben. Er bemerkte seine Ungeschicklichkeit und verlor sich nun selbst in bitteren Gedanken über sein eigenes Studium.

Sie überquerten einen Platz. Françoise bemerkte im Sandkasten Muscheln, die wohl Kinder am Nachmittag geformt hatten.

Flüchtige Spiele, dachte sie. Die leise Melancholie flücht'ger Spiele.

Sie wollte ihrem Freund diese Worte sagen, doch nachdem sie sie noch einmal in Gedanken wiederholt hatte, behielt sie sie für sich: Das ist schlecht, ziemlich schlecht sogar.

»Siehst du die Bänke dort hinten?« fragte Jean Raynouart plötzlich. »Wenn wir an der dritten angekommen sind, küsse ich dich.«

Françoise lachte leise auf, völlig unbeeindruckt von diesem Vorschlag.

»Erste Bank, zweite Bank, Achtung!« Er drehte sich zu ihr um und küßte sie ungestüm.

»Merkwürdig«, sagte er kurz darauf, »warum habe ich das bloß getan?«

»Pah! Eine literarische Spielerei«, antwortete sie mit überlegener Miene.

»Wenn du so willst«, sagte er mit einem Anflug von Bosheit.

Auf einmal mußten sie beide lachen, als ihnen bewußt wurde, wie pathetisch sie klangen.

»Na gut ... es lebe die Literatur«, sagte Jean – und er küßte sie von neuem. Sie erwiderte seinen Kuß.

Schweigend setzten sie ihren Weg fort.

Ein seltsames Mädchen, dachte Jean. Sehr anziehend, diese Ungezwungenheit, diese Offenheit. Sie ist intelligent – ein perfekter Mund. Das könnte ein hübsches kleines Abenteuer werden. Das würde mir in diesen trübsinnigen Zeiten gefallen. Sie könnte eine recht angenehme Geliebte werden. Allerdings muß sie noch einiges für ihr Aussehen tun, aber ich werde ihr raten, Kleider zu tragen, die ihr besser stehen. Ich werde ihre Eitelkeit wecken.

An der Ecke einer engen Straße, an der einige schmächtige Robinien standen, blieb Françoise stehen: »Ich bin fast zu Hause. Hier trennen sich unsere Wege. Also dann, bis bald, Jean.«

»Warte, ich wollte dich fragen ... Françoise, ich kenne dich kaum, du erzählst so wenig – ich würde gern etwas länger mit dir zusammen sein. Morgen nachmittag, wenn du nichts anderes vorhast. Können wir uns treffen? Aber an einem ruhigen Ort, wo wir allein sind und ein wenig reden können, ohne daß uns irgend jemand behelligt.«

Jean wurde auf einmal klar, daß der Vorschlag, den er Françoise glaubte machen zu können, reichlich direkt und unverblümt war. Jetzt wußte er nicht, ob er weiterreden oder wieder einen Rückzieher machen sollte, und verhedderte sich in seinen Erklärungen, wobei er im Gesicht des jungen Mädchens nach einer Reaktion auf seine Worte forschte. Aber Françoise hörte ihm ungerührt zu.

»Ich kenne einen Ort in der Rue du Berger. Schäferstraße, das klingt doch ganz reizvoll, oder?« meinte er lächelnd. »Wir könnten uns in der Avenue des Ducs de Bourgogne treffen – vor dem Brunnen zum Beispiel –, wie wär's um drei?«

»Und was ist das für ein Ort, zu dem du dann mit mir gehen willst, ist das ein Café?« fragte Françoise mit gleichgültiger Miene.

»Nein ... Aber du brauchst keine Angst zu haben. Es ist einfach ein Ort, an dem wir allein sein können. Ich weiß nicht, ob du das verstehst: eine andere Atmosphäre als auf der Straße oder in irgendeinem Café.«

»Gut, einverstanden, dann also morgen um drei«, sagte sie und gab ihm die Hand.

Ich glaube, sie hat nicht gemerkt, worum es geht, dachte Jean im Weitergehen. Aber vielleicht ist sie auch erfahrener, als ich denke, und an diese Art von Verabredungen gewöhnt.

Gut, sagte sich Françoise zur gleichen Zeit, jetzt kommt Spannung in die Sache. Sie wird morgen nachmittag keine Skrupel und keine falsche Scham zeigen und sich ohne Rüschen und Schleifchen in diese Affäre mit dem Freund stürzen, der dasselbe will wie sie und der ihr so ähnlich ist – warum also nicht! Aber ich muß auf der Hut sein, denn du, mein Lieber, du spielst auch, nur ist es ein anderes Spiel. Du bist überzeugt davon, daß dies das Leben ist, und du willst es aus ganzem Herzen annehmen.

* * *

Am nächsten Tag war sie als erste am Treffpunkt. Kurz darauf sah sie Jean auf sich zukommen.

Er lächelte sie an, als er die Straße überquerte. »Schon da!« sagte er, belustigt über ihre Pünktlichkeit.

»Du hast doch drei Uhr gesagt«, antwortete sie etwas gereizt.

Er führte sie zwischen den parkenden Taxis hindurch und an den Menschenmengen auf dem Gehweg vorbei. Sie gingen an Geschäften entlang, warteten, bis ein Bus vorbeigefahren war, überquerten Straßen. Françoise erschien alles ein wenig unwirklich – die Wirklichkeit versteckte sich hinter einem Nebelschleier.

Hab keine Angst vor den ersten Momenten, auch wenn du vor lauter Verwirrung nicht weißt, was du tun sollst. Warte einfach ab, das gibt sich auch wieder; laß dich von der Benommenheit tragen. Die unausgesprochenen Wünsche deiner Seele werden an die Oberfläche kommen, und du wirst den nötigen Mut haben. Dir werden die Worte einfallen, die du jetzt vergeblich suchst. Du wirst zu allem fähig sein, die verrücktesten und die zärtlichsten Dinge tun können.

Keine Spur von Langeweile, Gleichgültigkeit, Verzweiflung. Nur das überwältigende Gefühl, daß endlich das Leben beginnt.

»Du willst doch, daß wir dorthin gehen, oder?« fragte Jean, durch die abwesende Miene Françoises verunsichert.

»Warum sollte ich nicht wollen?« antwortete sie, fast ein Flüstern.

In der Rue du Berger wunderte sich Françoise nicht, daß die Eingangstür nur angelehnt war und Jean sie nur aufschieben mußte, damit sie ins Haus kamen. Er machte die Tür gleich wieder hinter sich zu, achtete jedoch darauf, daß sie nicht ins Schloß fiel.

Auf der rechten Seite, am Anfang des Flurs, erschien eine Frau in einem Türrahmen: »Guten Tag, im ersten Stock – die zweite Tür links, bitte.«

Françoise registrierte diesen Satz, ohne daß er in ihr den geringsten Widerhall ausgelöst hätte. Automatisch folgte sie der Aufforderung und ging die Treppe hinauf. Eine der Kupferstangen, die den Läufer festhielten, war lose. »Darüber könnte man leicht stolpern«, sagte sie und schob die Stange mit dem Fuß beiseite. Sie kamen zu einem schmalen Treppenabsatz, von dem eine geschliffene Glastür abging. »Sie hat gesagt, im ersten Stock«, meinte Françoise und ging weiter.

Jean war ihr gefolgt und öffnete die Tür zu einem muffigen Zimmer, dessen Geruch Françoise zuerst unangenehm war.

Ein altmodisches geschnitztes Holzbett, ein Spiegelschrank, ein Waschtisch mit Wasserkanne, ein kleiner Kocher mit einem emaillierten Wasserkessel – ein Sofa. Völlig desinteressiert registrierte sie das alles.

Jean versuchte an Françoises Gesicht abzulesen, wie sie sich fühlte. Als sie sich gleich in einem Sessel neben dem Tisch niederließ und ihn ganz selbstverständlich nach einer Zigarette fragte, wurde er gelassener. Er sah zu, wie sie ihren Hut abnahm und über den Tisch auf den Diwan warf, um sich dann mit abwesender Miene eine Zigarette anzuzünden.

»Seit gestern ist es ganz schön kalt geworden«, sagte er. »Soll ich den Gasofen anzünden?«

»Ja, aber dazu brauchst du Streichhölzer«

»Aber du hast doch gerade welche gehabt.«

»Ach ja, stimmt«, erwiderte sie mit tonloser Stimme und warf ihm die Schachtel zu.

Jean kniete sich vor den Ofen und bemühte sich intensiv, ihn anzustellen, froh darüber, eine Aufgabe zu haben.

Françoises Blick ruhte auf seinem Gesicht, das von der Flamme erleuchtet wurde. »... ihr zartes, schmales und etwas blasses Gesicht wurde vom Schein des Feuers erhellt ... Joyce ... nein, Marie war plötzlich von einer großen Zärtlichkeit erfüllt. Der schlanke junge Mann trug nur ein hellblaues Popeline-Hemd, keine Weste, ja, endlich etc ... Trotz der dicken Vorhänge drang die Sonne an diesem Frühsommertag ... da der Winter zu Ende ging ... Marie bewegte sich auf die

Frisierkommode zu und zog langsam, eine nach der anderen, die Haarnadeln aus dem Haar und legte sie in eine Kristallschale ... Das ist doch vollkommen idiotisch. Was soll denn überhaupt dieser Wasserkessel? Ach so, natürlich ...«

Jean kam zu ihr und setzte sich auf die Lehne ihres Sessels. Offensichtlich fand er es einfacher, schnell zur Sache zu kommen, denn er umarmte Françoise und küßte sie auf den Mund. Sie wehrte sich nicht und ließ ihre Hand unwillkürlich über sein Haar gleiten. Seine Lippen näherten sich wieder ihrem Mund, so als wollte er sie noch einmal küssen, und sie kam ihm nur zu bereitwillig entgegen. Mit einer leichten Berührung an der Schulter gab er ihr zu verstehen, daß sie aufstehen solle, und sie folgte ihm zum Bett.

Es gab keinen Grund zu zögern. Sie ließ es geschehen und erwiderte seine Zärtlichkeiten.

Françoise spürte die Berührung dieser fremden Haut. Bis jetzt hatte sie sich verhalten wie eine Schlafwandlerin – doch dieser direkte körperliche Kontakt weckte sie augenblicklich auf. Sie machte sich los und stand eine Sekunde später auf der anderen Seite des Zimmers, so weit vom Bett entfernt, wie es nur ging. Jean, von dieser plötzlichen Meinungsänderung überrascht, versuchte möglichst schnell wieder eine korrekte Haltung anzunehmen. Françoise fand die ganze Situation auf einmal so komisch, daß sie sich das Lachen nicht verkneifen konnte. Jean spürte, wie die Wut in ihm hochstieg, und wollte seinem Ärger Luft machen, doch dann dachte er: Ich habe mich einfach getäuscht. Sie ist eben doch noch ein kleines Mädchen.

* * *

Von da an geriet Françoises Welt ins Wanken.

Sie idealisierte ihre Liebe und verwob sie mit ihren Träumen. Alle ihre Gedanken waren ununterbrochen damit beschäftigt: Alles arbeitete für oder gegen sie. Jeder einzelne Gegenstand, jedes Wort, jedes Zeichen, jeder Mensch bekam von Françoise eine bestimmte Aufgabe zugewiesen. Denn die einzige Waffe, die Françoise ihrem Geist entgegensetzen konnte, war ja ihr Geist. Niederlage wurde zum Synonym für Sieg, und dieses Bäumchen-wechsle-Dich erfüllte sie mit großem Wohlbehagen.

Die Gegenstände, die Jean Raynouart noch nicht gesehen oder berührt hatte, versah sie mit ineinander verschlungenen Initialen. Ein junger blonder Mann auf der Plattform einer Straßenbahn verwandelte sich in ein Signal, denn sein Haar erinnerte sie an Jeans Haar. Eine hübsche junge Frau, ein argloser Fahrgast, wurde auf ähnliche Weise zu ihrer geheimen Verbündeten: Françoise stellte sie sich in Jeans Armen vor und steigerte sich in eine Eifersucht hinein. Die Zahl zwanzig erinnerte sie an Jeans Alter, vier an die Hausnummer, drei an die Anzahl seiner Studienjahre an der Universität. Da war die Straße, in der Jean wohnte, die Straße, in der sie ihm eines Tages zufällig begegnet war, da waren die Straßen, in denen sie zusammen spazierengegangen waren, und »all die anderen Straßen, die noch nicht mit einer Erinnerung an Jean Raynouart verknüpft waren«.

Aber man spielt nicht ungestraft mit den menschlichen Werten. Die Welt der Gefühle stürzte Françoise in tiefe Verwirrung.

Vielleicht war es zu früh. Ganz gleich, es war nicht zu ändern. Das Leben fragt eben nicht danach, ob man für die Reise bereit ist. Und wenn der Paß nicht in Ordnung ist, so hat man eben Pech gehabt.

* * *

Jean und Françoise sehen sich nun fast täglich. Sie warten nach dem Unterricht aufeinander, verabreden sich in dämmrigen, stillen Cafés, um keine Bekannten zu treffen. Manchmal, wenn sie zusammen einen Platz überqueren oder sich an einer Straßenecke voneinander verabschieden, ist Jean unerwartet zärtlich, und die Erinnerung an diese Momente trägt Françoises Leben über Tage hinweg.

Oft treffen sie sich, wie beim ersten Mal, am Brunnen. Françoise macht Jean niemals einen Vorwurf, wenn er sie ohne große Leidenschaft begrüßt; sie verbirgt, wie verletzt sie ist, und geht stumm neben ihm die Straße entlang bis zur Rue du Berger.

Wenn das Wetter schön ist, legt er den Kopf in den Nacken, blinzelt in die Sonne und holt mit dem ausgestreckten Arm weit aus, als wollte er einen Tennisball treffen.

»Heute nachmittag ist es im Club sicher herrlich«, sagt er. »Thérèse wird da sein, und Luc und Raymond auch.«

»Na, dann laß uns doch auch hingehen, wenn du willst.«

Er zuckt mißgelaunt mit den Schultern: »Nein.«

Dann geht er mit unwilliger, abwesender Miene weiter.

An diesen Nachmittagen ist Françoise noch schweigsamer, noch zärtlicher als sonst, sie öffnet sich ihm rückhaltlos – von einer unerschütterlichen Hoffnung getragen. Wenn sie sich dann über Jeans Gesicht beugt, forscht sie ängstlich nach einem Anzeichen der Liebe für sie.

Jean spürt Françoises Kopf auf seiner Brust. Sie streichelt seine Haut mit ihrer Wange – er ist stolz auf seine Brust und weiß, daß sie schön ist, glatt und seidig, ohne ein Härchen, wie auch seine Arme und Hände. Françoise sagt oft zu ihm: »Wie schön deine Brust ist. Deine Haut fühlt sich an wie Seide, mein schönster Liebster.«

Er betrachtet in dem goldgerahmten Spiegel eine Bronzebüste, die blauen Stores, die die Sonne abhalten – das fürchterliche grüngestreifte Sofa, den überdimensionalen Gaszähler, der auf einem Regal in einer Ecke des Zimmers steht. Das Ding hat einen engen Schlitz, durch den man es mit Geldstücken füttern muß. »Wirf Zehn-Centimes-Stücke in mein Herz.« Jean läßt seinen Blick und seine Gedanken schweifen und bleibt stumm, voller Angst, er könnte sich womöglich glücklich fühlen.

Ich binde mich zu sehr an das Mädchen. Ich fange an, ihre Anwesenheit zu brauchen. Das ist lächerlich. Es liegt einfach daran, daß sie alles so hinnehmen kann. Wenn sie sich wehren würde, mir wie die anderen, meinen Zynismus und meinen Egoismus vorwerfen würde: Du bist wirklich ein mieser Charakter.

»Liebes«, sagt er laut, »wie lange wirst du es wohl mit mir aushalten? Ich bin manchmal ziemlich gemein zu dir, ich gebe dir bei weitem nicht das, was du von mir erwartest. Was immer ich auch tue, sag, daß du bei mir bleiben wirst.«

»Warum sagst du das, du weißt doch genau, daß ich dich niemals verlassen werde.«

Was ist es denn, was ich von ihm erwarte? dachte sie. Ich weiß es selbst nicht.

Er befreit sich aus ihren zärtlichen Armen, richtet sich auf und faßt sie an den ausgestreckten Händen. Françoise erspäht in den kleinen Augen etwas, was den harten Zug um seinen Mund mildert. Er wirft sich auf sie und dringt brutal in sie ein.

Sie lieben sich mit wilder Gier – er heult auf vor Genuß, auf der Suche nach noch größerer Lust. Sie stöhnt, weil Liebe und Schmerz bei ihr ineinanderfließen: Die Liebe ist doch eine traurige Angelegenheit. Und doch ist es das Schönste, was ich besitze.

Als sie sich erschöpft voneinander lösen, haben beide Lust, etwas zu essen. Françoise streckt den Arm zu dem kleinen Tischchen neben dem Bett aus und balanciert ein Päckchen mit Keksen, die sie wohlweislich mitgebracht haben, über ihre nackten Körper. Sie essen mit jugendlichem Heißhunger.

Es wird allmählich dunkel. Die triste Wärme des Gasofens erfüllt das Zimmer. Der warme Geruch der Liebe steigt ihnen in die Nase und bringt sie zu unbändigem Lachen.

Obwohl es schon Zeit ist zu gehen, bleiben sie noch mit ineinander verschlungenen Armen und Beinen liegen, schweigsam und träge, und können sich nicht losreißen. Françoise fragt sich, warum kein Glück, selbst dieses, das zugleich tief und reizvoll ist, den Grundton der Verzweiflung auszulöschen vermag, den sie immer in sich spürt: Ein seltsames kleines Glück. Welche Erwartung? Eine Traurigkeit, die auf meinen Schultern lastet. Die ganze Trübsal der Welt.

»Jean, ich liebe dich«, sagt sie klagend.

Und er, liebt er sie auch? Noch nicht. Doch er beginnt die Liebe liebzugewinnen, die sie ihm entgegenbringt.

* * *

Françoise kommt spät nach Hause – sie entschuldigt sich bei ihren Eltern mit einer Ausrede: »Ich muß stundenlang in der Universitätsbibliothek sitzen, mühsam alles mögliche nachschlagen.«

»Ich habe dir dein Essen in den Backofen gestellt, damit es warm bleibt«, sagt ihre Mutter.

»Wir haben auf dich gewartet, wir wollten noch einen Spaziergang mit dir machen«, sagt Monsieur Attinger. »Es ist heute abend so mild, wir wollten uns die Neubaugebiete ansehen.«

Françoise sitzt an einer Ecke des Tisches, der ihretwegen noch nicht abgeräumt wurde, und hat Mühe, das Essen hinunterzubringen. Sie fühlt sich elend und unwohl, als ihre Mutter, die ihr gegenübersitzt, ihr mit liebevollem Blick beim Essen zusieht.

Wenn sie wüßte, woher ich komme.

Monsieur Attinger steht auf. »Seid ihr fertig?«

Françoise trinkt erst noch zwei große Gläser Wasser in gierigen Schlucken. Ich bin völlig ausgetrocknet. Das kommt von den Keksen, die wir ständig essen, ohne etwas dazu zu trinken.

Ihre Eltern sind schon draußen. Françoise folgt ihnen, den ungeduldigen Hund an der Leine. Dann führe ich jetzt also den Hund aus und sehe mir die Neubaugebiete an ... Einfach weglaufen und alles hinwerfen ...

»Zieh nicht so an der Leine, Diane, dein Frauchen kommt ja gar nicht nach«, ruft Monsieur Attinger lachend.

Er hakt sich bei seiner Frau unter. Françoise beobachtet gerührt, wie die beiden mit kleinen Schritten vor ihr her gehen. Mama wird ein wenig alt. Sie hat ein bißchen zugenommen. Papas Gesicht wirkt immer noch jung, aber seine Bewegungen werden behäbiger. Zur Zeit arbeitet er viel. Seine Geschäfte setzen ihn unter Druck. Sie freuen sich, daß ich mit ihnen spazierengehe. Sie sind stolz darauf, eine Tochter zu haben, die den ganzen Tag über Latein- und Philosophiebüchern sitzt. Wenn sie sich mit anderen Eltern oder mit Freunden unterhalten, hören sie nicht auf, darüber zu reden: »Françoise studiert.«

Ich habe meine Eltern wirklich sehr gern.

›Mein Zuhause, die verschlossene Tür, wie sehr ich das hasse.‹ Man muß doch offen sein – aber wofür. Und an anderer Stelle: ›Aber Sie, Rachel‹, sagte Luc, ›Sie gehören mir nicht ganz. Es gibt noch anderes.‹ – Was kann es anderes geben? Welche Abenteuer warten auf uns? Segelschiffe, südliche Meere? Wenn wir doch überall nur feststellen, daß wir die sind, die wir sind!

Warum muß man immer an diesen Sätzen hängenbleiben? Jean zitiert sie immer und immer wieder. Man könnte sich doch auch an diese anderen halten: ›Nichts sollte uns von unserem Weg abbringen; wir nehmen alles im Vorübergehen mit.‹

Oder auch: ›Ach! Diese dummen, unglücklichen Seelen, die die Hindernisse zu ihren Zielen machen – diese Dinge ...‹ ich erinnere mich nicht mehr an den genauen Wortlaut »muß man unbedingt hinter sich lassen. Unser einziges Ziel ist ... ach! Ja ... das paßt nun nicht mehr … ›ist Gott, sagt er.‹ Aber Gott kann für mich kein Ziel sein – ich glaube an Gott, ich habe immer an ihn geglaubt. Ich spüre überall seine Gegenwart. Dieser Glaube ist zwar ein Teil von mir – aber ich suche ihn nicht bewußt, weil er mich immer begleitet. Thérèse versteht das überhaupt nicht. Sie ist eine überzeugte Atheistin. Wie könnte ich es ihr erklären? Es fällt mir überhaupt schwer, über religiöse Themen zu sprechen. Warum sollte ich die Existenz Gottes anzweifeln oder sie durch Logik zu begründen versuchen, wo ich sie doch ›spüre‹. Das ist auch der Grund, weshalb ich es nicht verstehen kann, warum jemand konvertiert. Es ist so, als würde jemand sagen: ›Herr Soundso ist Dichter geworden.‹ Das würde überhaupt nichts bedeuten. Und Diskussionen über Gott gehen mir genauso auf die Nerven wie Diskussionen über Ästhetik. Wo war ich stehengeblieben? ›Unser einziges Ziel ist Gott.‹ Ja, ich muß diesen Text noch einmal lesen. Vielleicht habe ich Gide nur nicht richtig verstanden. Aber worin ich mir sicher bin, das ist der Schluß: ›Und ihr, die Gegenstände unserer Sehnsüchte, ähnelt ihrer Verwirklichung darin, daß ihr ebenso vergänglich seid und in dem Moment zu Asche werdet, in dem unsere Finger sie berühren.‹

Wo ist Gide wirklich er selbst, in all diesen unterschiedlichen Aspekten, unter denen er sich uns zeigt? Bin ich es, die im Recht ist, oder ist es Jean? Vielleicht ist es Absicht, daß er mit diesen unterschiedlichen

Stimmen spricht, damit wir uns diejenige aussuchen können, die zu uns paßt. Eines ist sicher: Er versteht uns alle, so unterschiedlich wir auch sein mögen. Und vielleicht hat er in Wirklichkeit keinen Einfluß auf uns, sondern hilft uns nur, in ihm uns selbst wiederzufinden, uns allen, all den vielen. Dann wäre er nicht so sehr eine Leitfigur, sondern eher ein Mentor. Mehr Freund als Lehrer.

»Komm doch mal her«, sagt Monsieur Attinger. »Sieh dir das hübsche Häuschen an.« Françoise geht zu ihren Eltern und bewundert mit ihnen lächelnd das Haus.

Nach einer Stunde beenden sie ihren Spaziergang und verbringen den Rest des Abends schweigend zu Hause im Arbeitszimmer von Monsieur Attinger.

Françoise setzt sich ein wenig abseits. Sie denkt an Jean: wie er sich eine Zigarette nimmt, sie dreimal auf sein Holzetui klopft. Wie er beim Lächeln die schön geschwungene Oberlippe nach unten zieht.

Oder sie betrachtet das ergrauende Haar ihrer Mutter, die, unter der Lampe sitzend, eine Näharbeit beendet. Monsieur Attinger pafft seine Pfeife und liest dabei Zeitung: Françoise sieht ihren Vater an und läßt ihren Blick voller Zärtlichkeit auf ihm ruhen. Was Thérèse wohl gerade tut?

Was für ein kostbares Geschenk ist es, geliebt zu werden – welch ein herrliches Leben.

Françoise verschränkt die Arme über ihrem dunklen Kattunkleid, in dem sie so brav und bescheiden aussieht, wie ihre Mutter es sich wünscht. Sie läßt ihren viel zu schweren Kopf auf die Brust sinken. Sie fühlt sich in einem Geflecht gefangen, eine Märtyrerin der Liebe.

— IV —

Thérèse hatte das Studium an der Universität mit Enthusiasmus begonnen. Die Vorlesungen machten ihr Spaß, sie mußte sich nicht zum Arbeiten zwingen und freute sich geradezu auf die Abschlußarbeit. Françoise dagegen studierte ohne großen Eifer – es war eine Pflicht, die sie erfüllen mußte, weil sie sie übernommen hatte, Gott weiß, warum. Sie war erstaunt darüber, wie man so konkrete Zukunftsvorstellungen haben konnte.

Thérèses Eifer hielt nur einige Monate an – sie verfiel bald wieder in ihre gewohnte Faulheit. Einen lateinischen Text vorzubereiten bedeutete wieder eine Anstrengung, die zu bewältigen sie sich außerstande fühlte. Im übrigen interessierten ihre Kurse sie nur noch mittelmäßig.

Konfuse Gedanken belasteten ihren Geist, und sie verbrachte viele Stunden, ohne wirklich etwas zu tun; sie fühlte sich ohne Grund erschöpft und körperlich matt und kraftlos.

Immer wieder wurde sie von einem starken Husten geplagt, der ihr »die Brust zerriß«, wie sie es ausdrückte.

»Setz dich, das wird vorübergehen«, zitierte Françoise – ein Satz, der bei Thérèse einen Lachanfall auslöste und sie erst recht nach Luft schnappen ließ. Françoise ermahnte sie, sich zu beruhigen, indem sie ihr auf den Rücken klopfte, doch Thérèse lachte und hustete nur noch mehr.

»Mir geht es sehr schlecht«, sagte sie mit belustigter und gleichzeitig geheimnisvoller Miene, als sie sich schließlich beruhigt hatte. »Hier, horch doch mal.« Sie schlug sich mit der Faust so kräftig auf den Brustkorb, daß er vibrierte. »Es klingt etwas belegt.«

»Und hier«, fuhr sie fort und faßte sich mit tragischer Geste an die Stirn. »Ich roste ein. Und dieses entsetzliche Stechen. Was mag das sein?«

»Das deutet unzweifelhaft auf eine fürchterliche Krankheit hin. Bald wirst du uns verlassen müssen, Richtung Davos natürlich«, antwortete Françoise mit Emphase. Diese kleinen komödiantischen Szenen endeten immer mit Gelächter – und dann wechselten sie das Thema und sprachen von anderen Dingen.

Doch Thérèse hatte Schatten unter den Augen, und ihr Gesicht war blaß. Ihrem Onkel fiel das schließlich auf, und er rief beunruhigt einen Arzt. Dieser war ein sachlicher, wenig phantasievoller Mann, der zunächst einmal Thérèses Hals untersuchte und eine »Reihe vergrößerter Lymphknoten« entdeckte. Thérèse war enttäuscht. Angeekelt tastete sie ihre Haut ab und spürte bewegliche kleine Knoten, während der Doktor ein eiskaltes Ohr auf ihren Rücken preßte.

»Sagen Sie ›dreiunddreißig‹.«

Thérèse wurde schwach vor Wonne.

»Wie alt sind Sie?«

»Siebzehn.«

»Seltsame Generation«, brummte der Arzt mürrisch. »Diese jungen Leute haben alle keine stabile Gesundheit. Sogar die Kinder, die mitten im Krieg geboren wurden, sind kräftiger. Sie haben Fieber. In diesem Zustand gehören Sie ins Bett!«

Es gab keinen Grund, sich ernsthaft Sorgen zu machen, doch Thérèse mußte behandelt werden und sich schonen. Sie durfte sich keinesfalls anstrengen, mußte erst einmal ihr Studium unterbrechen und mehrere Tage das Bett hüten. Als der Arzt ging, ließ er Thérèse in einem Zustand wohliger Aufregung zurück.

* * *

Die Morgensonne schickt einen breiten Strahl durch Thérèses Zimmer – er berührt ihr Bett, streift ihr Gesicht. Sie schließt die Augen halb. Schläfrig genießt sie die Wärme auf ihrer Stirn. Was für eine Wohltat, einfach so dazuliegen! Sie hat keinerlei Verpflichtungen, muß sich weder anziehen noch kämmen. Einfach so vor sich hin träumen zu können, zu lesen, wenn man dazu Lust verspürte! Sie genoß es zu husten, und immer wenn sie einen Hustenreiz verspürte, beobachtete sie sich im Spiegel, übertrieb die Bewegungen, mit denen der Husten ihre Schultern schüttelte, und bedauerte, daß ihr dabei keine Schweißperlen auf die Stirn traten.

Am Abend stellte sie fest, daß sie vergessen hatte, die verschriebenen Medikamente einzunehmen. Damit es niemand bemerkte, stand sie auf und schüttete ein Viertel jedes Fläschchens ins Waschbecken. Ihr Zustand war für sie kein Grund zur Sorge: Sie fühlte sich auf eine seltsame Art unverletzbar.

Sie hatte ihren Freunden geschrieben und sie gebeten, sie so oft sie konnten nachmittags zu besuchen. Und alle kamen, die Arme voller Obst, Leckereien, Bücher und Blumen. Die ersten Minuten vergingen recht still. Françoise erzählte das Neueste aus der Universität, Raymond erkundigte sich nach Thérèses Gesundheitszustand. Dann beklagte sich die Kranke über ihre Untätigkeit, die ihr allmählich auf die Nerven ging. »Wenn ihr wüßtet, wie sehr ich mich ohne euch langweile!«

Gereizt schüttelte sie ihre Kopfkissen und setzte sich im Bett auf. »Los, Raymond, gib mir eine Zigarette.«

Alle schrien entgeistert auf.

»Jetzt seid nicht blöd«, sagte Thérèse verächtlich – und sie gaben ihr ein Päckchen mit »schwarzem Tabak«.

»Ihr könnt ruhig auch rauchen. Das stört mich nicht!«

Eines Tages schleppten sie ein Grammophon an –

Luc brachte hawaiische Schallplatten mit und Jean die *Gymnopédies* von Satie.

Es fehlten nur noch Bier und Likör. Beim nächsten Mal dachten sie auch daran, und alle sprachen großzügig dem Alkohol zu. Sie mußten Luc mit Gewalt fortzerren. Er war so betrunken, daß er obszöne Lieder grölte und um jeden Preis Thérèses Brust abhorchen wollte, um das Fortschreiten des Übels zu diagnostizieren.

Als die Stunde näher rückte, zu der der Onkel nach Hause kam, lüfteten sie das Zimmer, brachten alles wieder in Ordnung und verschwanden stillschweigend. Thérèse, der von den Zigaretten und vom Alkohol übel war, verweigerte das Abendessen. Ihr Onkel war beunruhigt und rief wieder den Arzt, der ihm versicherte, daß »alles seinen Lauf« nehme.

Wie durch ein Wunder wurde Thérèse durch diese Kur gesund.

Doch sie nahm ihre Kurse an der Universität nicht wieder auf. Es war ganz entschieden nicht das, wonach ihr der Sinn stand. Und ihre eben überstandene Krankheit war für sie ein willkommener Vorwand.

Was sollte sie machen? Bildende Kunst? Unbestreitbar hatte sie dafür schon immer eine Neigung gehabt – sie könnte Luc bitten, sie zu beraten. Theater? Über all ihren Zweifeln verlor sie diese Möglichkeit nie aus den Augen. War es der Beweis dafür, daß ihr das Theater im Grunde am meisten lag? Ja, vielleicht. Sie wußte es nicht genau.

Und doch gab es in ihr so etwas wie einen geheimen Ruf. Ein tiefes Bedürfnis, an neue Werte zu glauben – ihrer Intelligenz und ihrer Sensibilität ein Ziel zu geben.

Sie wünschte sich, von diesen Unsicherheiten endlich befreit zu sein und endlich glauben zu können. Glauben!

Doch was gab es, woran man glauben konnte? Und wo war es zu finden? Sollte sie es in der Nähe suchen, in ihrem alltäglichen Leben? In dieser Stadt? Auf dieser Welt?

Es mußte irgend etwas geben, vielleicht weit in der Zukunft, etwas Namenloses.

* * *

Thérèse saß auf dem niederen Fenstersims ihres Zimmers, die Füße auf einem Stuhl, und polierte ihre Nägel. Sie gähnte, warf die helle Feile weg, schnitt mit der Nagelschere die überflüssigen Häutchen um die großen weißen Halbmonde ihrer Fingernägel. Plötzlich legte sie Bürsten, Maniküreställchen, Schere weg und sah durch das Fenster auf den kleinen nächtlichen Garten. Sie gähnte wieder.

Es war offensichtlich, daß sie sich schrecklich langweilte. Raymond erwartete sie um neun Uhr. Er würde so sein wie jeden Tag, verliebt, zärtlich und gelassen, ohne die geringste Unruhe, ganz von Thérèses Spiel gefangen.

Ich liebe ihn nicht, dachte sie. Das wird immer deutlicher.

Sie versuchte sich vorzustellen, was sie empfinden würde, wenn Raymond ernstlich krank wäre oder wenn sie erführe, daß er einen Unfall gehabt hätte. Im Grunde nicht viel. Natürlich wäre ich ein wenig traurig, er ist ein netter Kerl, für den ich freundschaftliche Gefühle habe. Doch ich würde nicht mehr darunter leiden, als wenn es irgendeinen anderen meiner Freunde träfe.

Einen anderen meiner Freunde. Das Herz wurde ihr auf einmal schwer, und sie sah das bleiche Gesicht von Daniel wieder vor sich – seine langen schmalen Hände, die so linkisch gewesen waren. »Mademoiselle, meine Liebe für Sie ...«

Sie warf sich auf ihr Bett und verharrte einige Minuten reglos auf dem Rücken, mit geschlossenen Augen.

Wie schrecklich! Und Raymond erwartet mich in einer halben Stunde.

Nein, es war nicht gut, wie sie sich verhielt. Sie mußte kühl und sachlich mit ihm sprechen – ihn verlassen, bevor es zu spät war. Doch als sie sich Raymonds Schmerz vorstellte, verließ sie wieder der Mut. Im übrigen würde eine Trennung auch bei ihr selbst eine schreckliche Leere hinterlassen. Sein weiches Gesicht nicht mehr in ihrer Nähe zu haben – die vertraute Stimme nicht mehr zu hören, die Aufrichtigkeit in allem, was er sagte. »Und vor allem, meine Hände nicht mehr auf sein Haar legen zu können«, murmelte sie. »All die kleinen Gesten, mit denen man sich dem anderen zuwendet und die einem selbst so viel Freude machen.«

Wenn sie dieses Abenteuer aus Trägheit begonnen hatte, so führte sie es jetzt aus Zärtlichkeit fort. Thérèse lächelte und fand ihre Schlußfolgerung sehr subtil.

Nun, man würde schon sehen, wie sich das alles weiter entwickelte. Man konnte die Lage ja auch später noch klären.

Sie dachte daran, daß Jean und Luc an diesem Abend bestimmt im *Diable au Corps* wären. Es würde genügen, Raymond anzurufen und ihm zu sagen, daß sie sich dort treffen konnten. Auf dem Weg dorthin wollte sie Françoise abholen.

Gutgelaunt setzte sie sich im Bett auf, stand auf und ging nach unten, um zu telephonieren.

Jean war seit einer Stunde im *Diable au Corps*, umgeben von einer Menge grölender Studenten, von denen die meisten ein wenig angetrunken waren. Und seit einer Stunde kreisten in seinem Kopf eine ganze Reihe alberner kleiner Ideen, die im Grunde alles andere als neu waren. Er gelangte immer wieder zu demselben Punkt, so auch jetzt gerade wieder: Etwas wirklich Neues schaffen, sagte er sich, doch diesmal fügte er hinzu: Und wenn es nur das wäre. Er berührte den alten Revolver in seiner Tasche, den er gelegentlich mit sich herumtrug.

Eines Abends im Club hatte er ihn mitten auf den

Tennisplätzen ausprobiert, um seinen Freunden zu imponieren. Zwei Schüsse hatten sich gelöst, und aus dem Lauf war eine lange Stichflamme gezuckt. Doch meist hatte der Revolver Ladehemmung, und die Kugel fiel langsam und völlig ungefährlich aus der Trommel heraus.

Jean stand auf und bewegte sich in Richtung Toilette. Ich habe ein wenig getrunken, aber nicht so viel, daß ich nicht mehr wüßte, was ich tue – gerade genug, um den Mut dafür aufzubringen.

Er preßte die Waffe gegen seine Schläfe und drückte ab. Ein merkwürdiges kleines Klicken war zu hören. Jean nahm die Kugel in die Hand und steckte sie in seine Westentasche, neben seine Uhr. Er richtete sich auf und erblickte sein Gesicht im Spiegel. Er war etwas bleich. »Kindskopf«, murmelte er. »Genau das hattest du doch gehofft.«

Als Jean wieder ins Lokal zurückkam, waren Françoise und Thérèse bereits da.

»Ich habe mir schon Sorgen gemacht«, sagte Françoise zu ihm. »Ich habe dich nicht gesehen … ich wollte aber auch die anderen nicht nach dir fragen, weil ich Angst hatte, sie könnten mir sagen, daß du heute abend gar nicht kommst.«

Während er sich ihr gegenüber setzte, dachte er: Sie hat keine Ahnung davon, daß ich um ein Haar tot gewesen wäre. Dann mußte er über seinen eigenen Gedanken leise auflachen. »Hier, das ist für dich«, sagte er und streckte Françoise die kleine kupferne Kugel hin.

»Hübsch«, meinte sie und drehte den Gegenstand zwischen ihren Fingern. Sie sah Jean mit einem merkwürdigen Blick an, ohne ein Wort zu sagen. Dann steckte sie die Kugel in ihre Handtasche.

»Bewahre sie gut auf«, sagte Thérèse ernst. »Sie kann dir nützlich sein, wenn's dir einmal wirklich schlecht geht: Man kann sie sich in die Schläfe drükken wie ein Zäpfchen.«

»Mein Gott, das ist etwa genauso lächerlich wie ein alter Revolver, der nicht funktioniert«, bemerkte Jean mit sonderbarem Gesichtsausdruck.

Einen Moment lang sahen sich alle drei schweigend an – dann brachen sie in lautes, befreites Lachen aus.

»Ich hab Durst!« rief Jean aus. »Was trinkt ihr?«

Ein kräftiger Kerl, etwa vierzig Jahre alt, kam an ihren Tisch.

»Eine Partie Sansibar?« schlug er vor und stellte einen Lederbecher mit Würfeln vor sie hin. »Wenn ich verliere, gebe ich eine Runde aus.«

Er setzte sich. »Ich heiße Oscar«, sagte er und kippte den Inhalt einer Streichholzschachtel auf den Tisch. »Los geht's«, rief er und würfelte.

»Elf, zweihundertsechzig, ich laß es gut sein – ihr seid dran.«

»So ein Pech, mit drei Würfen!«

»Sechs und sechs, das macht hundertzwanzig ... und fünf, hundertfünfundzwanzig.«

»Meine Güte! Neunundsechzig. Prima! Da hast du mein Streichholz. Ah, da kommt Luc!«

»Na, endlich! Wo kommst du denn her?«

»Hundertsieben. Du bist dran.«

»Nun, ich war gerade im Bordell.«

»Wirklich wahr?«

»Ich war mit ein paar Kumpels dort. Ging aufs Zimmer mit einer kleinen Blondine, die unglaubliche Brüste hatte.«

»Schon gut, Freundchen, sprich dich ruhig aus! Hundertzweiundsechzig.«

»Und dann auf einmal, als ich ihren geblümten Bademantel sah und die roten Strapse, das nuttige Make-up, und dann das Zimmer, der Geruch und alles zusammen, da hab ich meine Jacke wieder angezogen und habe mich aus dem Staub gemacht.«

»Und da bist du wieder. Na gut! Da muß sogar Oscar lachen, das ist der Herr hier, darf ich vorstellen … Siebenundsechzig, zwei Punkte mehr.«

Sie fingen an, vor sich hin zu singen, ohne ihr Spiel zu unterbrechen:

»Auf, Kameraden, die Segel setzt froh,
Good bye farewell, good bye farewell,
Auf Kameraden, und nun Adieu Bordeaux.
Hurra, es geht nach Mexiko,
Oh, oh, oh,
Kap Horn umschiffen wir grade so.
Haul away, hey!
Ula tschales!
Und Pottwale jagen wir en gros.«

»Fünf und drei, acht ... und zwei, zehn ... das war's, ich hab verloren. Also gut, fünf Halbe!«

»Raymond kommt wohl nicht mehr.«

»Wundert dich das? Du hast dem armen Kerl ganz schön zugesetzt. Er grämt sich jetzt ganz allein zu Hause.«

»Glaubst du?«

»Mach dir keine Gedanken. Wenn er genug geschmollt hat, wird er schon wieder auftauchen. Er weiß ja, daß du hier bist.«

»Nein, das war nicht besonders nett, du hast schon recht. Ach! Ich komm da einfach nicht mehr raus.«

»Ah! Da ist unser Bier. Auf das Wohl des Verlierers!«

»Was zeichnest du denn da?«

Alle beugten sich bewundernd über den Bierdeckel.

»Großartig, dein beschwipster Matrose!«

»Luc, schenkst du ihn mir?« bat Françoise.

»Hier, bitte.«

»Sei nicht beleidigt. Ich zeichne dir auch einen«, sagte er beschwichtigend zu Thérèse und nahm sich gleich einen neuen Bierdeckel.

Plötzlich hörte man von draußen immer lauter werdende Trompeten- und Trommelklänge. »Eine Blaskapelle! Gehen wir raus!« riefen sie. Alle Studenten im Café waren aufgesprungen und drängelten in Richtung Tür. »Schluß mit dem Krawall!« befahl jemand. Es bildete sich eine lange Schlange mitten im Tumult, zwischen den umgeworfenen Stühlen.

»Vorwärts!« rief der erste und führte die anderen nach draußen. Die meisten sahen ihnen zu, wie sie hinausgingen. Sie waren sitzen geblieben, die Hände auf die Schenkel gestützt, und schüttelten sich vor Lachen. »Diese Jugend!« riefen sie aus. »So ist man mit achtzehn Jahren. Noch keine Sorgen!«

Auch Françoise war zurückgeblieben, da ihr auf einmal schwindlig wurde. Sie mußte sich einen Augenblick am Tresen des Cafés festhalten.

Sie war schwanger, daran gab es jetzt keinen Zweifel mehr.

* * *

Sie mußte es Jean sagen. Am nächsten Morgen wartete Françoise vor dem Physiksaal auf ihn. Sie hatte sich schon gedacht, daß diese Nachricht ihn nicht weiter aus dem Gleichgewicht bringen würde. Im Gegenteil, er beruhigte sie: So tragisch war es nun auch wieder nicht. Sie würden das wieder in Ordnung bringen.

»In einer Stunde rufe ich Luc an«, sagte er. »Wir treffen uns heute nachmittag bei ihm. Seine Mutter ist nicht da, wir können dort in Ruhe reden. Ich komme zeitig. Ich bitte Raymond, mich im Wagen hinzubringen. Liebes, quäle dich nicht. Geh in die Vorlesung wie immer. – Sag, liebst du mich noch, trotz allem? Du bist mir doch nicht böse?« Als er sah, daß sie unbeobachtet waren, gab er ihr einen flüchtigen Kuß. »Ich muß los, da ist der Prof! Bis nachher.«

Thérèse und Françoise standen zusammen auf der Schwelle des Seemannszimmers.

»Tretet näher, Kinder«, sagte Luc. »Komm, mein armes Häschen, du sollst den schönsten Platz von allen haben.« Damit schob er Françoise eine umgedrehte Kiste zu, die er mit Bildern von dunkelhaarigen Frauen mit Blumenkränzen bemalt hatte.

»Na«, meinte Françoise mit zynischem Lachen, »da geht's mir ja gleich wieder gut.«

»Pah! Mach dir keine Sorgen«, antwortete Luc. »Ich kenne da was. Ich habe Jean schon davon erzählt.«

»Hört mal, ihr beiden, ihr mögt doch Cocteau. Ich habe hier etwas, was euch interessieren dürfte.« Mit diesen Worten streckte er ihnen einen Bildband mit Zeichnungen hin.

»Glückspilz! Du hast ihn!«

»Ja, hundert Mäuse! Aber er ist mein Eigentum!«

Sie beugten sich alle drei über den Band. Thérèse blätterte vorsichtig die Seiten um.

Das Bild eines zartgliedrigen, unnahbaren großen Mannes hebt sich vor einem Hintergrund mit feinen Schleiern ab. Zwei Augen fixieren dich, ein Blick von göttlicher Intelligenz nimmt deinen Blick gefangen, scheint ironisch zu fragen: WAS HATTE ICH EUCH VERSPROCHEN?

Thérèse konnte ihre Augen nicht losreißen. »Schön«, murmelte Luc mit erstickter Stimme.

Ja, schön, dachte Thérèse. Ein schöner Strich – fein, sicher, aus einem Schwung gezeichnet. Das ist eine Begabung, gewiß. Aber da muß noch etwas ganz anderes sein.

Sie hob den Kopf und sah Françoise an. Die Blicke der beiden Freundinnen trafen sich in stummem Einverständnis. Thérèse blätterte langsam zur nächsten Seite weiter.

Sie hörten den vertrauten Klang von Raymonds Autohupe. Luc ging hinunter, um ihm die Tür zu öffnen. Als Jean das Zimmer betrat, zog er aus seiner Tasche ein kleines Päckchen, fein säuberlich verschnürt.

»Hier, bitte«, sagte er. »Nichts einfacher als das. Einige Tassen dieses ausgezeichneten Kräutertees, und die Sache ist ausgestanden.«

Er wickelte das Päckchen aus und begann in professoralem Ton den Beipackzettel zu lesen.

Jeden medizinischen Fachausdruck untermalte er mit einer sprechenden Geste, und die anderen, die ihm zuhörten, brachen in lautes Gelächter aus.

»Etwas mehr Ernst, wenn ich bitten darf. Wir müssen jetzt diesen Tee zubereiten.«

»Ich gehe in die Küche«, schlug Luc vor, »das ist einfacher. Ich koche dann auch gleich einen Schwarztee für euch. Es ist zwar dafür eigentlich noch ein bißchen früh, aber das soll uns nicht stören.«

Als er kurz darauf mit zwei Teekannen wieder auftauchte, rief Raymond ihm lachend zu: »He, jetzt darfst du die beiden aber nicht verwechseln, mein Lieber.«

»Ausgeschlossen«, antwortete Luc und goß eine schwärzliche Flüssigkeit in Françoises Tasse.

Raymond schlug vor, eine Partie Poker zu spielen, doch Luc, der Kartenspiele nicht leiden konnte, tat den Vorschlag geringschätzig ab: »Mit Fünf-Centimes-Stücken macht es keinen Spaß.«

Jean hatte sich auf dem Boden ausgestreckt, den Kopf auf Françoises Knien. »Ich habe eben eine Entdeckung gemacht«, sagte er, und er begann, Baudelaire mit englischem Akzent zu rezitieren. »Findet ihr nicht, daß dieser Akzent wunderbar zu dem Zynismus paßt, der …«

»Schweig«, rief Luc und warf ihm ein Kissen an den Kopf. Jean schleuderte das Kissen zurück – Thérèse fing es in der Luft auf und warf es weiter. Die Schlacht geriet schnell außer Kontrolle und gipfelte darin, einander ohne Vorwarnung zerbrechliche Gegenstände zuzuwerfen, die man dann geschickt auffangen mußte. Luc schrie entsetzt auf, als Raymond eine Glasflasche ergriff, in der ein kleines Segelschiff eingeschlossen war.

Sie hörten, noch ganz außer Atem, mit dem Spiel auf. Jean hatte mit seinen zerzausten Haaren und dem lebhaften, noch geröteten Gesicht etwas Kindliches an sich, das Françoise rührte.

Er ging zum Grammophon und suchte eine Schallplatte. »Jetzt psst«, sagte er und legte einen Finger auf die Lippen.

Er setzte das Gerät in Gang.

Sie hörten alle aufmerksam zu, als der Chor einsetzte:

Wenn das Feuer der Liebe brennt
Bricht das Glück in Jubel aus
Doch der Unsel'ge der mich liebt
Nichts auf der Welt – nur er alleine
Das wahre Glück
Der sein trauriges Los beweine

Françoise saß auf der Kiste, die im Stil Gauguins bemalt war. Sie lehnte sich mit dem Rücken an ein großes Kassandra-Plakat, das Luc aus einer Bahnhofshalle hatte mitgehen lassen, und trank in kleinen Schlucken ihre fünfte Tasse Beifußtee.

* * *

Zwei Monate vergingen, ohne daß sich an Françoises Zustand etwas geändert hätte.

Im Laufe der regelmäßigen Treffen der kleinen Freundesgruppe kam das Gespräch immer wieder auf dasselbe Thema zurück. Sie steckten die Köpfe zusammen und rückten enger zueinander, vor sich die halbgefüllten Biergläser, den beißenden Zigarettenrauch in den Augen. Thérèse, Raymond oder jemand anders erzählte mit leiser Stimme von irgendeiner Entdeckung, die er beim Durchblättern in einem Medizinbuch gemacht hatte oder auf die er durch irgendeinen Zufall gestoßen war, und berichtete den andern von einem neuen Mittelchen.

In den nächsten Tagen schluckte Françoise alle zwei Stunden farbige Pillen, die ihr schreckliches Ohrensausen verursachten.

Abends zu Hause zog sie sich gleich nach dem Abendessen unter dem Vorwand in ihr Zimmer zurück, sie müsse den Stoff ihrer Kurse nochmals wiederholen.

Sie setzte sich vor den Gasofen, der ihr seine heiße, ungesunde Luft entgegenblies.

Ich habe Jean geliebt, weil ich an das Bild meiner Liebe glaubte, dachte sie. Ich war sicher, daß er mit mir jede vorstellbare Schwierigkeit überwinden würde, selbst eine Feuerwand, und daß er mich aus der Welt retten und an einen uneinnehmbaren Ort bringen würde, wo es nur noch unsere leidenschaftliche Liebe gäbe. Ich habe gedacht, ich würde ihn dafür lieben. Und jetzt liebe ich ihn, obwohl in dieser schwierigen Situation seine Liebe für mich in Gefahr ist – ich liebe ihn, obwohl er mir nicht vorschlägt, sein Leben mit mir und diesem Kind zu verbringen, das ich von ihm erwarte. Ich liebe sein hübsches Haar und seine schöne Brust – aber ich liebe vor allem seine zu kleinen Augen und seinen häßlichen, grausamen Mund. Liebe ich ihn? Werde ich nicht erst anfangen, ihn zu lieben …?

Es kann nur darum gehen, es zu akzeptieren, und zwar nicht aus Schwäche, sondern als eine bewußte Entscheidung. Es geht darum, mit Fleisch und Blut etwas aufzubauen. Aber gibt es denn noch etwas aufzubauen? Was kann ich erwarten? Nichts wird »Wirklichkeit« werden. Alles ist bereits da: die Welt wie auch unsere Unruhe.

Sie fühlte sich auf einmal unwohl und forschte nach der Ursache der schmerzhaften kleinen Übelkeiten und der merkwürdigen Schwindelattacken, die sie jetzt immer dann überkamen, wenn sie erschöpft war oder zuviel geraucht hatte.

Sie betastete ihren Bauch auf der Suche nach einem noch so kleinen Anzeichen: Und wenn es eine nervöse Schwangerschaft wäre? Das gibt es manchmal. Nein, es besteht überhaupt kein Zweifel. Sie legte sich ins Bett, vollkommen erschöpft und müde.

Am nächsten Morgen wechselten wieder Unruhe und Späße über ihre Situation miteinander ab.

In der Universität nutzte sie einige Minuten Freizeit, die man den Studenten ließ, bevor der nächste Professor kam, und überredete einen Kommilitonen, mit ihr in ein nahe gelegenes Café zu gehen. »Begleitest du mich? Ich komme um vor Durst.«

»Ist gut«, antwortete der Student. »Dann aber schnell.«

Sie rannten über die Straße.

»Was soll das denn, du bestellst Wasser? Was ist mit dir los? Laß uns doch ein kleines Bier trinken.«

»Na gut, ein Glas Bier«, sagte Françoise.

Sie tranken schnell ihr Bier, den Blick auf die Uhr geheftet. Françoise schluckte unbemerkt wieder eine ihrer Tabletten. Sie tat es so unschuldig, als wäre sie tatsächlich ins Café gegangen, weil sie durstig war.

In Wirklichkeit war sie an der Grenze ihrer Belastbarkeit angekommen, der Boden drohte ihr unter den Füßen zu entgleiten, und alles, was sie tat, lief rein mechanisch ab.

* * *

Jean und Françoise hatten sich außerhalb der Stadt verabredet.

Die Straßenbahn durchquerte den Wald, der eben erst erwachte und schweigsam und zart war wie der schwächliche Frühling in diesem Jahr. Und Françoise empfand, etwas feige, den Wunsch, alles zu vergessen und mit Jean einen Nachmittag zu verbringen, wie sie ihn früher erlebt hatten, unbeeinträchtigt von ihrer gegenwärtigen Trübsal und Sorge.

Wir werden schnell Kaffee trinken, überlegte sie, und vielleicht ist es dann noch hell genug, daß wir zu Fuß durch den Wald zurückgehen können.

Als die Straßenbahn aus dem Wald herauskam, fuhr sie an Vorstadt-Restaurants vorbei. Vor einigen standen schon aufeinandergestapelte Weidenstühle, damit alles vorbereitet war, wenn sich der erste richtige Sonnenstrahl zeigte.

Françoise stieg aus und ging auf das Lokal zu, in dem Jean sie erwartete.

Er saß neben einem großen Wintergarten, in dem es noch recht kühl war, und las. Er hob den Kopf und lächelte Françoise an.

Sie streichelte zärtlich seine Hand, die auf dem geöffneten Buch lag. »Jean, Liebster, ich habe mich heute so darauf gefreut, dich zu sehen.«

Mit zerstreutem Blick folgte Françoise den Bewegungen der Kellnerin, die eine dicke weiße Steingutkaffeekanne und Rosinenbrötchen vor sie hin stellte.

»Laß uns was essen, Liebes«, sagte Jean. »Und du hast mir noch nicht gesagt, was es bei dir Neues gibt. Wie geht es dir heute?«

»Oh, Jean«, antwortete sie. »Sprechen wir nicht darüber. Wir werden schon sehen. Ich möchte so gern einfach einen ruhigen Nachmittag mit dir verbringen.«

»Schatz, du bist unvernünftig, ich hatte mir gerade vorgenommen, sehr ernsthaft mit dir zu reden. Es müssen jetzt ungefähr zweieinhalb Monate vergangen sein. Es wird ernst. Wir müssen jetzt unbedingt etwas anderes unternehmen. Aber jetzt bleiben nur noch die radikaleren Methoden. Du mußt schnellstens zu einem Arzt gehen und dir dort Hilfe holen. Verstehst du? Ich weiß wohl, daß das … ein wenig unangenehm ist. Aber es gibt keine andere Möglichkeit.«

»Es gibt keine andere Möglichkeit«, wiederholte sie.

»Ach, du siehst so unglücklich aus! Françoise, ich möchte nicht, daß du leidest. Ich habe dich sehr lieb, meine Freundin, mein schönes, liebes Mädchen.«

Er hatte ihre Hand genommen und drückte langsam und zärtlich seine Lippen darauf. Françoise dachte: Diese Ängste, dieser Widerwille – dieses komische kleine Bedauern. Ich bin lächerlich. Warum sollte ich diesen Schritt nicht tun? Wer verbietet es mir? Sicherlich ist es im Moment schmerzhaft. Aber danach haben wir unser vorheriges schönes Leben zurück. Und außerdem werden wir schon sehen, wie sich alles entwickelt – morgen sehen wir weiter.

»Ich kümmere mich morgen darum«, sagte sie.

»Aber wir gehen zusammen dorthin, Kleines.«

»Nein, laß mich das allein machen.« Ihre Stimme war jetzt wieder vollkommen ruhig. Sie zündete sich umständlich eine Zigarette an. »Im übrigen könnte ich auch Thérèse bitten, mich zu begleiten.«

Sie suchte den Blick der kleinen grauen Augen: »Es ist mir lieber so, wenn du einverstanden bist, Liebster. Und danach ist dann alles vorbei und erledigt. Wir reden nie mehr darüber. Möchtest du Kaffee? Meine Güte, er ist schon ganz kalt. Laß uns jetzt etwas essen. Hier, nimm dieses schöne Stück Brot, es ist dick mit Butter beschmiert, wie du es gern magst.«

Beide konnten kaum etwas essen. Françoise tauchte ihr Rosinenbrot in ihren Kaffee – sie hatte noch weniger Appetit. Sie spürte nur ein unendliches Bedürfnis zu weinen.

Kristall in der Kehle. Schmilzt, schmilzt nicht. Vielleicht ist das nur diese verflixte Übelkeit. Hab noch ein wenig Geduld.

Sie hatten das leere Lokal verlassen.

Jean legte sanft seinen Arm um Françoises Taille: »Küß mich«, bat er. »Ganz egal, wie«, fügte er hinzu. »Gib mir einen Françoise-Kuß.«

Sie hob ihren Kopf.

Sie lachten, weil sie einen Moment lang das Gleichgewicht verloren, als sie sich im Gehen küßten, und beinahe hingefallen wären.

»Wie mild es ist«, sagte er. »Und dabei ist es erst März. Bald wird es richtig Frühling. Die Jahreszeit, die meiner kleinen Françoise überhaupt nicht gefällt, weil alles sich verändert: die Gewohnheiten, die Kleidung, die Bäume, die man vor seinem Fenster sieht, die Geräusche der Stadt. Meine kleine Françoise ist traurig, weil sie ihren alten Hut wegpacken muß, weil der Ort, an dem sie sich mit ihrem Freund Jean trifft, nicht mehr das dunkle, überheizte Café ist, an das sie seit drei Monaten gewöhnt war. Ist es nicht so, meine schreckliche kleine Gelehrte?«

»Mein Gott, ja«, meinte sie zögernd. »Ein bißchen ist es schon so.«

»Aber im Herbst wird sich die kleine Françoise nicht beklagen, weil im Herbst die Bäume am schönsten sind und weil sie in dieser Jahreszeit die schönsten Gedichte unseres Freundes Apollinaire wiederfindet.«

»Und du machst dich über mich lustig«, sagte sie lachend. »Dabei mag ich deinen Frühling zum erstenmal ganz gern. Ich wollte dich nämlich gerade fragen, ob wir nicht zu Fuß durch den Wald zurückgehen können.«

»Aber dafür ist es doch zu spät, Schätzchen. Es ist schon dunkel. Wir nehmen diese Tram da. Beeil dich.«

Bald überkam sie wieder die Traurigkeit.

Mit dem Handrücken wischte Jean die beschlagene Scheibe des Trambahnwagens ab. Ohne ein Wort sahen sie in die violette Dämmerung hinaus und beobachteten die am Weg vorbeiziehenden Sträucher.

* * *

Am nächsten Morgen ging Françoise zu einem Spezialisten. Von dem, was er ihr sagte, behielt die junge Frau in ihrer Aufregung nur einzelne Satzfetzen. »Verstehen Sie, Mademoiselle ... wegen Ihrer Minderjährigkeit ... meine Verantwortung ... ist durchaus nicht ungefährlich.«

Sie begriff, daß er sich weigerte. Während des Gesprächs steckte er ihr den Namen einer Frau zu, eine Adresse. »Eine vertrauenswürdige Person, denke ich. Sie kennt sich mit solchen Fällen aus.«

Als sie wieder auf der Straße stand, dachte sie: Es hilft nichts, ich muß zu dieser Frau gehen. Ich habe keine andere Wahl.

Am Nachmittag erzählte sie Thérèse die ganze Geschichte und bat sie, sie gleich zu begleiten. »Verstehst du, ich möchte, daß das alles so schnell wie möglich ein Ende hat.«

»Aber Mädchen ...«, fing Thérèse an.

»Nein, sag jetzt nichts mehr – ich darf nicht darüber nachdenken. Ich weiß überhaupt nichts mehr, nur daß ich diese Adresse aufsuchen muß. Danach werden wir weitersehen. Es geht alles vorbei. Es geht alles vorbei. Sag nichts, hilf mir einfach nur.«

»Ja, natürlich, ja ...«

»Dann los, komm. Laß uns zu Fuß gehen, das nimmt mir ein wenig die Nervosität.«

Sie waren schon eine ganze Weile unterwegs. »Schau mal, der Typ dort drüben, auf dem Gehweg. Der wäre doch zum Anbeißen, wenn wir nicht Wichtigeres zu tun hätten«, sagte Françoise lachend.

»Ja, aber ob wir was Wichtigeres vorhaben oder nicht«, Thérèse stieß Françoise mit dem Ellbogen an und meinte mit Kennermiene, »der ist nicht wirklich was für uns.«

Sie plänkelte wie üblich mit Françoise herum, doch sie war ein wenig blaß, und ihre Stimme zitterte ein bißchen.

Françoise schwieg jetzt.

Nicht ganz ungefährlich … ein solcher Eingriff. Ja, das war's: Ein solcher Eingriff ist nicht ganz ungefährlich.

Ein Kind … ein Kind von Jean. Wenn ich erst einmal vor dieser Tür stehe, werde ich es nicht übers Herz bringen zu klingeln. Ich laufe weg. Blond – ein blondes Kind. Ich kenne dich, du wirst hineingehen, du wirst alles erklären: Guten Tag, Madame, und alles, alles … Weil du nun einmal damit begonnen hast und dich jetzt auf dem Weg dorthin befindest. Und außerdem dürfen Papa und Mama nichts davon erfahren. Was würde sonst bloß aus ihnen werden? Blond, blond, so blond es nur geht. Und außerdem: Es gibt keine andere Möglichkeit, das ist die einfachste Lösung. Und im übrigen, weil es dir vollkommen egal ist … Ha, ha, wir ziehen uns einfach aus der Affäre. Schwuppdiwupp, das sieht uns ähnlich. Es ist uns egal, vollkommen egal. Nicht ganz ungefährlich. Pah, es ist alles andere als unwahrscheinlich, daß … Ein Kind … Ein kleines Kind. Mein …

»Ach je«, rief sie aus. »Scheiße, Scheiße, Scheiße.«

»Jetzt komm«, meinte Thérèse. »Ruhig bleiben.«

»Trotz allem«, fuhr sie fort. »Denk mal eine Sekunde nach. Mach dir klar, was wir hier gerade tun. Wir, du und ich. Es ist schon verrückt. Schau mal, siehst du unser Spiegelbild in diesem Schaufenster? Wir sehen ganz schön schräg aus, du mit deinem schiefen Hut, mir hängen die Haare in die Augen, und dann dieser Schal dazu.« Sie streckte die Hand zu ihrem grotesken Spiegelbild aus und sagte voller Emphase: »Eine mitleiderregende Existenz, Nathanaël!«

Sie prusteten los vor Lachen.

»Komm, gehen wir weiter!« rief Françoise und zog mit einem Ruck ihren Hut nach vorn, um ihr komisches Aussehen noch zu verstärken.

»Perfekt!« sagte Thérèse. »Bleib so, in dieser Aufmachung mußt du jetzt weitergehen. Traust du dich?«

»Oh! Wenn du willst, marschiere ich so bei der guten Frau ins Haus.«

»Nein, setze ihn lieber wieder ordentlich auf. Meine freundschaftlichen Gefühle ertrügen es nicht, daß meine Freundin sich so entstellte.«

»Du beherrschst den Konjunktiv auf das vorzüglichste.«

Thérèse schob ihren Arm unter den Françoises, was sie sonst niemals tat, und so untergehakt gingen sie Seite an Seite einige Zeit weiter. Sie sprachen kein Wort, ihre Blicke waren auf das Pflaster geheftet.

»Diese Straße muß es sein«, meinte Françoise plötzlich. »Gehen wir erst einmal an dem Haus vorbei, um einen Eindruck zu bekommen. Hier ist es.«

Ein Messingschild an der Tür trug einen Namen, eine Berufsbezeichnung.

»Diplomiert!« rief Françoise spöttisch aus. »Glückwunsch!«

Sie gingen an dem Haus vorüber.

»Hör mal, Thérèse, du kannst in diesem kleinen

Café auf mich warten. Bestell dir ein Bier und rauch eine Zigarette; es wird, glaube ich, nicht sehr lange dauern ... Wartest du hier auf mich?«

»Na klar.«

Françoise wurde in ein enges Wartezimmer geführt. Dort saß bereits ein Mann, dessen rechter Arm mit Stofflappen umwickelt war und in einer Schlinge steckte. Françoise setzte sich. Was macht der wohl hier? Wahrscheinlich läßt er seinen Arm massieren. Ich werde sagen: Guten Tag. Ich bin hergekommen ... Was für geschmacklose Dinge es doch in diesem Raum gibt! *Auf dem Kaminsims befand sich ein kleines Schäferpaar*, nein, kein *kleines*, das ist schwachsinnig. *Ein Schäferpaar aus unechtem bemaltem Meißener Porzellan. Die Schäferin trug an ihrem Arm einen Korb mit einem Band, an dessen Rand zwei Tauben* an dessen Rand! *Einen Korb mit einem Band* oder besser *Tauben mit einem Band? ... Tauben mit einem Band* und so weiter ... *In einem Korb, den sie an ihre Brust drückte wie ein Nest.*

Aus dem Nebenzimmer hörte man Stimmen – Françoise fiel auf, daß das Schlüsselloch der Zwischentür mit Watte verstopft war.

Der Mann wurde hereingerufen.

Schließlich war Françoise an der Reihe.

Eine Frau mit breitem gekünsteltem Lächeln begrüßte sie.

»Nun«, sagte sie, nachdem Françoise gesprochen hatte, »wir werden das gleich in Ordnung bringen. Es wird alles gutgehen, Sie werden sehen. Sie kommen dann in etwa acht Tagen wieder, und wenn wir mit dem Ergebnis zufrieden sind, erst dann, bringen sie mir das vereinbarte Honorar. Das Lächeln verließ ihr Gesicht nicht eine Sekunde, sie lächelte sogar beim Sprechen.

»Legen Sie sich bitte hier hin«, sagte sie und ging in eine andere Ecke des Zimmers, wo man sie mit Metallgegenständen hantieren hörte. Françoise schaute zur Decke und fixierte eine kleine Beule im Gips. Sie klammerte sich mit beiden Händen an die Kanten des Tisches, auf dem sie lag. Sie war durch und durch verkrampft und voller Angst. Am liebsten wäre sie an einem Ort gewesen, wo es weder Gedanken noch Gefühle gab.

Thérèse saß im Café und wartete, die Augen starr auf die Uhr gerichtet. Dann wandte sie sich abrupt ab und starrte auf den Tisch. Sie rieb mit dem Taschentuch ihre feuchten Handflächen ab. Sie rauchte vier Zigaretten, ohne irgendeine andere Bewegung, als alle paar Sekunden die Zigarette an die Lippen zu führen und am Stummel der letzten die nächste anzuzünden. Dann sah sie wieder auf die Uhr.

Wenn sie in zehn Minuten nicht da ist, gehe ich nachschauen. Ich klingle, ich frage nach ihr, jedenfalls tue ich irgend etwas.

Sie nahm eine fünfte Zigarette aus dem Päckchen. Auf einmal glaubte sie Françoises Schritt zu erkennen. Dann sah sie sie das Café betreten und auf sich zukommen.

* * *

Acht Tage später kehrte Françoise zu der lächelnden Frau zurück.

»Es ist wirklich vorbei. Sie müssen sich für diesmal keine Sorgen mehr machen, Fräuleinchen.«

Françoise gab ihr die drei Hundertfrancs-Scheine, die sich Jean für sie geborgt hatte.

Der junge Mann erwartete sie in einem kleinen, dunklen Weinlokal, das mit gläsernen Weintrauben und von innen beleuchteten Obstschalen dekoriert war.

Sie lief, so schnell sie konnte, zu dem verabredeten Ort. »Jean«, sagte sie atemlos vor Glück. »Jean, mein Liebster, es ist vorbei, endgültig vorbei.«

Sie schlüpfte neben ihn auf die samtbezogene Bank, und sie küßten sich so leidenschaftlich, daß sie keine Luft mehr bekamen.

»Bin ich hungrig«, sagte Françoise. »Bestell uns irgend etwas, und Champagner dazu!«

»Donnerwetter! Champagner?«

»Nein, der schmeckt uns sowieso nicht, und außerdem ist er zu teuer. Bestell einfach irgend etwas, ganz egal, was. Jetzt sind wir wirklich glücklich.«

Der Kellner brachte ihnen englisches Bier und Brotscheiben, die Françoise mit Senf bestrich, um dann mit Heißhunger hineinzubeißen.

Sie rauchten und schwatzten noch eine ganze Weile, eng aneinandergeschmiegt.

»Gehen wir wieder mal in die Rue du Berger?« raunte Jean.

»Ja, aber jetzt müssen wir sehr vorsichtig sein«, antwortete Françoise leise und lächelte ihn verführerisch an.

»Heute, jetzt gleich«, flüsterte er und sah sie mit seinen kleinen grauen Augen an, die einen besonderen Glanz hatten. Und wieder zeigte sich, flüchtig, dieser harte und schmerzliche Zug um seinen Mund.

Françoise stand auf. »Komm«, sagte sie.

Jean war schon fast angezogen.

Françoise, noch nackt, hüpfte vor dem Spiegelschrank auf und ab und klopfte sich nach einem komischen Rhythmus auf die Schenkel. »Schau her, ein Urwald-Tanz!« rief sie.

»Na, sehr gelungen«, antwortete Jean. »Willst du dich jetzt bitte anziehen!«

Er kam zu ihr, beugte seinen Kopf zu ihrem Bauch hinunter und küßte zärtlich ihre nackte Haut. »Armer kleiner Körper, was hast du leiden müssen.«

Françoises Gesicht bekam einen starren Ausdruck und wurde plötzlich hart. »Sei still, Idiot!«

Er hob den Kopf und sah, daß sie die Lippen aufeinanderpreßte, um nicht weinen zu müssen. Er setzte sich auf den Bettrand, zog Françoise auf seine Knie und hielt sie nackt in seinen Armen. »Weine, mein armes Häschen, komm, weine dich aus.«

Er drückte seine Lippen in ihr Haar, ganz dicht an ihrem Ohr: »Vielleicht merkst du es gar nicht, aber es ist unglaublich, wie sehr ich mich schon an dich gebunden fühle.«

»Doch, ich weiß es«, flüsterte sie unter Tränen.

»Ich lie ...«

Sie legte ihm die Hand auf den Mund: »Nein, sag es nicht. Vielleicht glaubst du, daß es Liebe ist. Aber ich weiß, daß es das noch nicht sein kann – das spüre ich. Und du selbst weißt es auch, es ist einfach nicht – dasselbe.«

Sie überlegte: Es sind vor allem seine kleinen Augen und der grausame Zug um den Mund.

»Aber ich«, fuhr sie dann fort, »ich sage dir, daß ich dich liebe – wie auch immer die Liebe sein mag, die du für mich empfindest, jetzt oder später einmal, was du auch tust. Ich liebe dich ... du bist mein ganzes Leben.«

Er wußte, daß es so war, auch wenn er sich ihr gegenüber tagelang gleichgültig verhielt, wenn er sie mit anderen Freundinnen betrog. Der Tag, an dem ich sie plötzlich verlassen habe und mit Yvonne losgezogen bin, ohne ihr zu verheimlichen, wohin wir gingen. Françoise hatte gewartet, rätselhaft und mit offenen Armen. Sie nahm es hin, wartete, sanft und hartnäckig zugleich, ohne auch nur im mindesten ihre Zuversicht zu verlieren, und das war es, was Jean für immer festhielt.

Er war sich all dessen bewußt – doch Françoise hatte ihm die ganze Tiefe ihrer Liebe nie so gezeigt, wie sie es jetzt tat, in dieser Klarheit, dieser Heftigkeit, als sie schluchzend den Kopf an seine Schulter lehnte. Es war ihm unangenehm, er wußte nichts darauf zu sagen und schwieg.

Er half ihr, sich anzuziehen. Françoise weinte nicht mehr. Sie entschuldigte sich mit zärtlichen Bemerkungen und fröhlichen Küssen.

Auf der Straße ging Jean neben Françoise her, eine Hand auf ihrer Schulter. »Ich hätte so gern, daß du heute abend noch bei mir bleibst. Geh noch nicht gleich nach Hause«, bat er.

»Aber was soll ich denn meinen Eltern sagen? Es ist ohnehin schon so spät.«

»Denk dir etwas aus, ruf zu Hause an und sag, daß du noch zu einem Vortrag gehen willst – und daß die Zeit nicht mehr reicht, vorher zum Abendessen zu kommen. Dann gehen wir zusammen ins Kino. Das wäre das erste Mal.«

»Das ist eine prima Idee«, rief sic, »ich werde gleich anrufen. Und wenn es funktioniert, können wir bis zehn Uhr zusammensein.«

Sie gingen in ein Kino. Der Film, der gezeigt wurde, war lächerlich. Aber was spielte der Inhalt des Streifens schon für eine Rolle. Die Bilder zogen in der Dunkelheit vorbei, leicht und körperlos. Immer die gleiche Geschichte: In der Reihe vor ihnen träumte die Verkäuferin eines Modegeschäfts davon, die orientalische Tänzerin zu sein, die in ihren Schleiern und Tüchern über die Leinwand schwebte. Ein Mann schien zu schlafen, in Gott weiß welches Abenteuer versunken. Jean hatte seinen Kopf auf Françoises Schulter gelegt – und die beiden schienen tausend Meilen vom Leben entfernt zu sein.

Die Platzanweiserinnen glitten, die winzigen Taschenlampen an die Brust gedrückt, lautlos umher, diskrete Hüterinnen der Träume.

* * *

Nachdem die äußeren Ereignisse, alles in allem, ziemlich unter Kontrolle waren, konzentrierten sich alle wieder darauf, unter ihren Alltagssorgen zu leiden.

Luc ließ Schimpfkanonaden los – auf seine Chefs im Büro, seine Nachbarn, die Hausmeisterin, die Frauen im Bordell, überhaupt auf die gesamte Menschheit, die ihn davon abhielt, mit dem nächstbesten Frachtschiff nach Mexiko zu verschwinden. Aber schließlich richtete er sich in einem prekären Gleichgewicht ein, zeichnete Schiffe, Matrosen, leichte Mädchen im Hafen und wartete an seinem Zufluchtsort optimistisch darauf, daß ihn die Muse küßte.

Françoise liebte Jean.

Jean ließ sich von Françoise lieben.

Raymond rauchte vor seinen Chemie-Kursen und litt oder war glücklich, je nachdem, ob Thérèse zärtlich oder kühl gewesen war.

Thérèse wartete.

Für die jungen Leute war Françoises traurige Geschichte bald zu etwas Normalem geworden. Sie betrachteten sie so lange von allen Seiten, bis sie ihnen zu eigen wurde. Nach zwei oder drei Tagen störten sie sich nicht mehr daran, im Gegenteil: Sie trieben ihren Spaß damit und machten Witze darüber.

Wenn ein Uneingeweihter sich an ihren Unterhaltungen beteiligte, nahm einer von ihnen ein entsprechendes Wort auf und machte eine Anspielung, die nur sie verstehen konnten. Dann brachen sie in Gelächter aus. Der andere fragte erstaunt nach einer Erklärung, worauf sie noch viel mehr lachten und neue, nur ihnen selbst verständliche Anspielungen machten. Der kurzfristige Gast fühlte sich ausgeschlossen und tat desinteressiert, um sein Gesicht zu wahren.

Alle tauchten Hals über Kopf in die wiedergefundene Atmosphäre ein, die, am Rande der Normalität, alles unbeschadet überstanden hatte. Fröhlich feierten sie ihren Sieg: Zeiten voller kleiner, sinnloser Nichtigkeiten. Sie konnten alles tun, alles planen. Ob sie diese Pläne in der nahen oder fernen Zukunft verwirklichen würden, spielte keine Rolle, denn sie waren jung genug, um zu warten. Ihre Herzen waren übervoll.

War es Verblendung? Fehlende Einsicht? Unbefangenheit? Die Erwartung einer bedeutungsvolleren Wirklichkeit? Welcher Ausdruck könnte ihre Stimmung beschreiben?

So jedenfalls verhielten sie sich, und so äußerten sie sich auch.

»Oh, meine verlorene Jugend,
eine welkende Girlande.«

— V —

Inzwischen waren drei Wochen vergangen.

Françoise betrachtete ihre Taille, die ihrem Eindruck nach immer umfangreicher wurde. Dieser Gürtel kann doch nicht auf einmal kürzer geworden sein. Und diese Übelkeit, die mich jetzt schon zwei- oder dreimal gequält hat.

Eine leise Ahnung stieg in ihr auf, verging und bedrängte sie von neuem, fesselte sie schließlich für einige lange Minuten, bevor sie wieder verschwand und sie verstört zurückließ, als wäre ihr die wiedergefundene Ruhe fremd.

Ich mache mich verrückt. Drei Wochen lang habe ich nicht den geringsten Zweifel gehabt, und es gibt jetzt überhaupt keinen Grund dafür, daß ich auf einmal so beunruhigt bin.

Doch eines Morgens hielt sie es nicht mehr aus. Ihr fielen keine Ausreden mehr ein, warum sie noch länger hätte warten sollen. Sie ging wieder zum Arzt und erzählte ihm alles, was in der Zeit seit ihrem ersten Besuch bei ihm geschehen war.

Der Arzt hatte kaum mit der Untersuchung begonnen, als er sich aufrichtete und mit einem seltsamen Grinsen, das seinen rötlichen Schnurrbart hob, sagte:

»Mein armes Kind, sie hat Sie hereingelegt! Sie sind im vierten Monat schwanger.«

Françoise war nicht gekommen, um den Beweis dafür zu erhalten, daß ihre Zweifel begründet waren. Sie wünschte sich nichts sehnlicher als eine Beruhigung für ihren von Ängsten gequälten Geist. Sie wollte sich sagen können: Jetzt weiß ich, daß ich mir etwas Falsches eingeredet habe.

Sie lächelte ungläubig. »Vier, aber hören Sie, das ist ganz unmöglich.«

Sie folgt dem Arzt zu seinem Schreibtisch und setzt sich ihm gegenüber. Er erklärt es ihr umständlich, mit einer Reihe medizinischer Fachbegriffe und einer raschen Skizze auf seinem Rezeptblock, den er in Françoises Richtung geschoben hat. Sie folgt seinen Erklärungen Wort für Wort, überlegt sich jede Einzelheit und versteht auf einmal, warum man sie so täuschen konnte. Alles ist klar, exakt, unbestreitbar.

Sie bleibt ruhig. Es kostet sie unerhörte Anstrengung, trotz ihres Entsetzens ruhig und vernünftig zu bleiben. Ihr Körper ist schweißbedeckt, sie spürt die ekligen kalten Tropfen an ihren Armen herunterlaufen.

Diese Kurve, ja natürlich, diese Kurve erklärt alles.

Sie hebt ihre hohe strenge Stirn und sieht den Arzt an. »Nun, nach all dem«, sagt sie, »wird das Kind ...«

»Das Kind hat keinen Schaden genommen. Da können Sie absolut sicher sein: Alles ist normal.«

Er erhebt sich und gibt Françoise die Hand. »Na

dann, schonen Sie sich.« Er tippt Françoise zwei- oder dreimal gutmütig auf die magere Brust, auf den V-Ausschnitt ihres Kleides. »Sie wirken auf mich nicht sehr stabil. Etwas Ruhe, ein Nickerchen auf dem Sofa nach dem Mittagessen, kräftige Kost.«

Sie zieht sich mechanisch ihre Handschuhe an, streift das weiche Leder über jeden einzelnen Finger. Sie nimmt ihre in graues Leinen eingebundenen Hefte vom Schreibtisch. Françoise Attinger, Philosophie, Erstes Jahr.

Sie verläßt die Praxis. Die Stadt ist wie in Watte gehüllt. Alles erscheint ihr so merkwürdig verschwommen, daß es sie schmerzt.

Und plötzlich bricht die Katastrophe über sie herein wie eine Folter.

* * *

Françoise, Thérèse, Jean, Raymond und Luc – sie sind alle nicht mutig.

Jean wird Françoise heiraten. In einigen Wochen wird er seine letzte Prüfung ablegen. Dann muß er sofort eine Arbeit annehmen. Françoise wird ihr Studium aufgeben.

Françoise wird ein Kind bekommen, das Geld wird knapp sein. Sie wird das Kind versorgen, die Wäsche waschen, für Jean das Essen kochen.

In einigen Wochen werden sie es den Eltern erzählen müssen. Françoise schluchzt: Sie sagt, ihre Mutter würde das nicht überleben. Und die Monate, in denen sie sich wie Idioten benahmen! Wie dumm das war. Jean ist mit den Nerven am Ende und weint vor Wut.

Eine Heirat. Françoises Mutter. Jeans Mutter. Sie müssen damit noch warten. Alles gut überlegen. Ist es besser, wenn Jean es Françoises Eltern sagt? Oder sollen sie zuerst Jeans Vater informieren? Es bringt gar nichts, sich aufzuregen. Komm, reiß dich zusammen! Zuerst mußt du dir irgendeine Arbeit suchen. Vorher sollten sie es niemandem sagen. Ja, wir müssen noch ein paar Tage warten.

Warten.

Die Tage vergehen.

Françoise sieht zu, wie ihre Mutter das Zimmer aufräumt. Sie beobachtet, wie sie lächelt, wie sie sich bewegt. Wie sie immer ihren Mund verzieht, wenn sie versucht, mit dem Fingernagel einen Fleck aus dem Bezug eines Sessels zu kratzen. Wie sie immer die Stirn in Falten zieht, wenn sie fragt, was sie zum Abendessen kochen soll.

Françoise vertieft sich selbstquälerisch in die Betrachtung dieser vertrauten Gesten, dieser Ruhe, die sie jetzt mit einem Wort zerstören könnte. Monsieur Attinger kommt ins Zimmer. Er tätschelt Françoises Wange. »Du bist zur Zeit ein bißchen blaß, mein Mädchen. Du arbeitest zu viel! Ich habe dir schon mal gesagt: Wenn du Schwierigkeiten mit Latein hast, solltest du ein paar Nachhilfestunden nehmen.«

Françoise lächelt matt. Sie schlägt den Blick nieder und sieht auf ihren Bauch. Noch fällt es nicht auf, aber es wird immer schwieriger, es zu verbergen. Seit einigen Tagen schnürt sie sich mit einem elastischen Gürtel ein, den sie ganz hinten in einer Schublade gefunden hat.

Sollen sie zuerst Monsieur Raynouart einweihen? Soll sie selbst es ihren Eltern sagen? Diese Ruhe, diese Unwissenheit beenden? Ihre Mutter wird erfahren, daß sie einen jungen Mann namens Jean Raynouart liebt, daß sie sein Kind trägt.

Sie würde zwei unterschiedliche Bereiche ihres Lebens zusammenführen. Die intimsten Gedanken, Handlungen, Leidenschaften, Hoffnungen, ihre Verzweiflung – und dazu das Unaussprechliche: Alles hatte sich so unglücklich in Scham und Kummer verwandelt.

Die Tochter von Agnès und Edmond Attinger, ein schamloses Ding, ein nichtsnutziges Mädchen. Mit siebzehneinhalb ein uneheliches Kind zu bekommen.

Papa und Mama verstört, durch ihren Kummer gealtert, tief enttäuscht in ihrem Vertrauen und ihrer Liebe zu mir.

Ein Kind? Ich? Wie kann ich ein Kind haben?

Wie ist das alles möglich?

Françoise kann sich mit dieser unleugbaren Tatsache nicht abfinden.

* * *

Sie verbringt viele Stunden bei Thérèse. Die beiden Mädchen sitzen dicht nebeneinander vor dem Feuer und lassen sich von der Wärme einlullen. Beim Sprechen zeichnen sie mit ihren halb gerauchten Zigaretten mechanisch den Umriß des kleinen Salamanders nach, der die Vorderseite des Ofens schmückt.

»Hast du Jean heute morgen gesehen?« fragt Thérèse.

»Ja, nächste Woche wird alles geregelt sein. Er kann gleich als Vertretung anfangen, bis er eine offizielle Lehrerstelle bekommt. Er wird es am Donnerstag seinem Vater sagen. Aber ich kann die Dinge doch nicht einfach so laufen lassen, Thérèse. Es wird für meine Eltern ein solcher Schlag sein. Und Jean? Sich so Hals über Kopf in ein Leben mit Frau und Kind zu stürzen, mich zu heiraten! So hat er sich das nicht vorgestellt. Jetzt sagt er zwar, daß er mich liebt und daß alles gut wird, aber ich merke genau, daß er wie in einem Räderwerk gefangen ist, in dieser Zwangsläufigkeit der Ereignisse. Er handelt, läuft nach links und nach rechts, bringt die Dinge kühl und automatisch in Ordnung.«

Sie streckt ihre vom Nikotin gelben Finger nach der Zigarettendose aus.

»Françoise, rauch nicht so viel. Denk an deinen Zustand. Du siehst elend aus.«

»Sag, wenn ich jetzt davonlaufen würde? Oder wenn ich mich umbringe, wäre das nicht das Einfachste?«

»Red doch keinen Unsinn. Du weißt genau, daß du weder das eine noch das andere tun würdest. Erstens würde das im Hinblick auf deine Eltern nicht das geringste besser machen. Zweitens hättest du überhaupt nicht den Mut dazu.«

»Was dann?«

Sie verstummte, verwirrt, weil sie spürte, wie das Kind sich in ihr regte. Seit einigen Tagen machte es diese Bewegungen. Seltsame kleine Stöße gegen ihre Bauchdecke.

Sie stellte sich ein formloses kleines Stück Fleisch vor, bläßlich und in sich zusammengekrümmt, das an ihrem eigenen Fleisch hing. Es hatte sich darin eingenistet, um jeden Tag mehr Kraft daraus zu ziehen, um zu wachsen, sich zu entfalten, zu leben. Zwei Hände, winzige geballte Fäuste mit weichen Knochen, noch ganz kleine Händchen, aber es sind Hände. Ein zerknittertes kleines Gesicht mit meergrünen Augen, in dem Françoise eines Tages ihre eigenen Züge und die Jeans entdecken wird.

»Was ist mit dir?« fragt Thérèse erstaunt, weil Françoise auf einmal so schweigsam ist. »Du wirkst, als ginge es dir nicht gut.«

»Das Kind hat sich bewegt.«

»Ich möchte nicht, daß du dich so quälst. Du kannst es nicht und du darfst es nicht mehr. Es ist eine zu große moralische Last für dich – du machst dich noch krank, wenn das so weitergeht.«

Thérèse legt liebevoll ihren Arm um Françoises

Schultern und zieht sie näher zu sich heran. Françoise überläßt sich erschöpft der Umarmung, den Kopf an Thérèse gelehnt. Diese Arme um sich zu spüren, diese Hand auf ihrer Schulter? Ach ja. Der Tag, an dem die Streichholzschachtel nicht auf die Vorder- und auch nicht auf die Rückseite fallen wollte. Seitdem sind etwa sechs Monate vergangen. Wir kennen uns jetzt seit fast vier Jahren. Ich habe Thérèse zum erstenmal in der Schule gesehen.

Françoise erinnert sich an den Geruch eines gespitzten Bleistifts, an die feuchte Tafel, den nassen, von Kreide fleckigen Schwamm. Sie sieht Thérèse vor sich, wie sie im Unterricht in die Lösung einer Aufgabe vertieft war. Oder wie sie neben ihrer Bank stand, leicht nach vorn geneigt, und sich mit beiden Händen an der Lehne abstützte. Thérèse in der Pause, wie sie ein Glas Wasser trank und wie sich beim Schlucken der Winkel zwischen ihrem Kinn und dem Hals immer mehr vergrößerte.

Die Bilder verschwammen ineinander, wurden wirr – Françoise ist an Thérèses Schulter in einen Halbschlaf gefallen.

Thérèse zeichnet mit ihrer freien Hand wieder den Umriß des gußeisernen Salamanders nach.

Die Minuten verrinnen, heiß und still.

Françoise öffnet die Augen und folgt, ohne ihren Kopf von der stützenden Schulter zu heben, mit ihrem Blick eine Weile den Bewegungen von Thérèses Hand. »Es bewegt sich schon wieder«, sagt sie.

Sie hat beinahe geflüstert, unterbricht kaum die Stille, die sich sofort wieder um sie schließt, schwer von zwei Gedanken, die nebeneinander bestehen.

Eines Abends hatte Françoise das Gefühl, am Ende ihrer Kräfte zu sein. Schon am Nachmittag hatte sie sich sehr unwohl gefühlt. Jetzt steigerte sich der Schmerz: Es war, als ob ein zweifacher Gürtel ihr das Becken von einem Hüftknochen zum anderen einschnürte.

Sie hielt nach dem Essen noch eine Weile aus, doch dann fürchtete sie, ihren Gleichmut zu verlieren und sich zu verraten. Sie ging noch vor ihren Eltern schlafen.

Als sie allein in ihrem Zimmer war, fürchtete sie sich vor der Nacht, die ihr bevorstand. Von ihrem Bett aus lauschte sie auf die vertrauten und tröstlichen Geräusche, die aus dem Erdgeschoß heraufdrangen: Türen, die geschlossen wurden, Gegenstände, die herumgeschoben wurden.

Das ist das Rollen der Kohleschublade auf den Küchenfliesen.

Das Dienstmädchen ging hin und her, sagte etwas, und Françoise spürte fast den Schlag eines Gefäßes auf der gußeisernen Herdplatte: »Sie hat gesagt, sie braucht neue Schuhe.«

Madame Attinger rief: »Louise, vergessen Sie nicht, gleich morgen früh das Huhn zu bestellen, damit genug Zeit zum Kochen ist.«

Der morgige Tag wurde vorbereitet, in aller Ruhe, wie gewöhnlich. Der normale, sich stets wiederholende Ablauf des täglichen Lebens, eine Menge häuslicher Verrichtungen sorgen still und unauffällig für Sicherheit. Und sich dies vor Augen zu führen ist der einzige lichte Hafen in der beängstigenden Unsicherheit einer Nacht voller Schmerzen.

Françoise hörte bald darauf den hallenden Schritt ihres Vaters und den dumpfen, schwereren ihrer Mutter. Ihre Eltern stiegen die Treppe hinauf, gingen an Françoises Zimmer vorbei und weiter zu ihrem eigenen Schlafzimmer.

Man hörte noch eine Weile, daß sich im Haus etwas regte. Dann war Stille, nur selten unterbrochen von dem weit entfernten Rollen einer Straßenbahn oder der Hupe eines Autos, die schrill die Luft zerschnitt.

Françoises Schmerzen wurden immer stärker. Sie bewegte sich von einer Seite des Bettes auf die andere in der Hoffnung, eine Stellung zu finden, die ihr Leiden lindern würde. Durch die Kühle der neuen Stelle auf dem Laken fühlte sie sich für kurze Zeit besser, aber der Schmerz schlich sich von neuem heran und umschloß ihr Becken, schwer und heiß. Als schließlich in regelmäßigen Abständen Krämpfe ihren Bauch durchzogen, beherrschte sich Françoise, um nicht laut aufzuschreien, doch ein unmenschliches Stöhnen drang aus ihrer zusammengeschnürten Kehle, von der Bettdecke erstickt, die sie an ihren Mund preßte.

So vergingen einige Stunden. Françoise nahm ihre ganze Kraft zusammen, um dieses Leiden auszuhalten, ohne Hilfe zu holen. »Bloß nicht nach ihnen rufen. Ganz unmöglich, es ihnen jetzt zu sagen. Es ist nichts. Die Überanstrengung. Morgen früh stehe ich auf, gehe aus dem Haus und mache sie dann vorsichtig damit vertraut. Nur nicht rufen.«

Schließlich ließen die Schmerzen nach, und Françoise fiel in einen unruhigen Schlummer.

Ihr Gesicht hatte noch bei Tagesanbruch den unschönen Ausdruck, den kränkelnde Kinder haben. Bevor die ersten Geräusche der Stadt den Frieden dieses Aprilmorgens stören konnten, wachte Françoise auf. Die Schmerzen begannen von neuem. Stärkere, längere Krämpfe, immer dichter hintereinander.

Als sie diese kleine feuchte Masse in ihren Händen spürt und das Blut auf ihren Beinen, wird sie von einer gewaltigen, animalischen Angst ergriffen, und sie stößt wilde, verzweifelte Schreie aus.

Monsieur Attinger stürzt in ihr Zimmer. Er schüttelt Françoise an den Schultern: »Was hast du? Sag schon, so sag doch etwas.«

Sie wimmert: »Ich muß sterben. Es ist das Kind. Thérèse wird dir alles erklären. Ruf sie an, schnell.«

Mit halb geschlossenen Augen stößt sie noch mehr Wörter aus, die ihr Vater, der sie noch immer bedrängt, zu verstehen sucht.

Sie begriff, daß ihre Mutter das Zimmer betreten

hatte und Fragen stellte. In ihrer Verwirrung nahm sie nur noch einige Geräuschfetzen um sich herum wahr, bis sie schließlich das Bewußtsein verlor.

* * *

Ein unbekanntes Gesicht beugt sich über Françoise. »Nun, Madame, jetzt kommen Sie wieder zu sich. Nein, nicht die Beine bewegen.«

Ihr Blick flackert suchend durch das Zimmer: Sie sieht ihren Vater, der sich auf den Kamin stützt. Sein Gesicht ist blaß und ausdruckslos.

Eine Hand fühlt ihren Puls: »Alles in Ordnung.«

Sie hört jemanden weinen. Wo? Im Zimmer nebenan? Es ist Maman. Und das ist Thérèse, die mit ihr spricht.

»Es geht ihr schon viel besser«, fährt die ihr unbekannte männliche Stimme fort. »Aber sie braucht absolute Ruhe. Ich komme heute abend nochmals vorbei und sehe nach ihr. Es ist so schade. Zwei Monate später, und ich hätte es retten können. Im Brutkasten wäre es durchgekommen.

Nun beruhigen Sie sich alle erst einmal. Es gibt überhaupt keinen Grund, so niedergeschlagen zu sein. Und der junge Ehemann sollte sich nicht in seiner Ecke verkriechen. Das gibt es nicht.«

Der Mann geht hinaus, Monsieur Attinger folgt ihm.

Madame? Der junge Ehemann? Ich verstehe das

alles nicht. Ich bin so geschwächt. Aber ich habe keine Schmerzen mehr. Überhaupt keine Schmerzen mehr.

* * *

Monsieur und Madame Attinger umsorgten Françoise liebevoll, während sie sich langsam erholte. »Wie in meiner Kindheit, als ich Scharlach hatte.« Doch manchmal betrachtete die Mutter ihre Tochter mit einem Blick, der traurig und verstört war. Françoise zog ihre Mutter zu sich aufs Bett und sprach mit ihr über ihr zukünftiges Leben mit Jean.

»Ich werde mit ihm glücklich sein. Wir lieben uns so sehr. Weißt du, wir werden ganz in der Nähe der Stadt wohnen, damit er keinen weiten Weg nach Hause hat.« Sie wurde rot, weil sie ihrer gequälten Mutter nicht mehr anzubieten hatte als diese egoistischen Sätze und die Sorge um ihr eigenes Glück. Doch gleichzeitig spürte sie, daß es der einzig mögliche Trost für diesen stummen Schmerz war.

Wenn sie sich jedoch selbst dieses neue Leben ausmalte, wenn sie es in Gedanken aufbaute, um die langen Stunden, die sie allein in ihrem Bett verbrachte, zu beleben – Jeans Frau zu sein … er mein Ehemann … dieses Glück –, dann hatte sie zugleich den Eindruck, als spiele sie ein kindliches Spiel, das jeder Grundlage entbehrte.

Oft kam Jean am Nachmittag, um ihr Gesellschaft zu leisten. Er setzte sich auf den Bettrand und nahm das Buch zur Hand, das er am Vortag begonnen hatte. Françoise lauschte der schönen, warmen Stimme, die diese wunderbaren Sätze vorlas. Sanft oder klangvoll folgten die Worte aufeinander. Pronomen, Verben, Adjektive – durch das zarte, elegante Ineinanderspielen der Wörter wurde die Poesie jedes Wesens und jedes Gegenstandes erfaßt und auf die Ebene der Kunst transponiert.

Ebenso durch ein Spiel der Klänge, oder der Farben oder Linien.

Und wie sie so unter Schmerzen aus ihrem zarten Bienenstock herausschlüpften, bekamen der Gegenstand, das Wesen, die Tat eine neue, großartige Bedeutung.

Dieses Wunder beschäftigte Françoise schon seit Jahren.

»Strengt dich das auch nicht zu sehr an?« fragte Jean. »Vielleicht ruhst du dich jetzt ein wenig aus.« Er legte seinen Kopf dicht neben ihren aufs Kopfkissen.

Françoise, noch immer geschwächt, blieb eine Weile still liegen, ohne ein Wort zu sagen. Sie erinnerte sich in allen Einzelheiten an dieses warme, blutige kleine Päckchen zwischen ihren Beinen. (Sie hatten es in einem Winkel des Gartens vergraben, wie ein Junges, das aus dem Nest gefallen war – ein diskretes und erbärmliches Ende eines kleines Dramas, das kein großes Aufsehen erregt hat. Die Ängste, die Françoise in ihrer Situation seit Monaten quälten, hatten den eigentlichen Gegenstand dieser Situation vollkommen in den Hintergrund gedrängt. Doch in der Nacht, wenn man den Tränen und der unausgesprochenen Reue ihren Lauf lassen konnte, dachte Françoise nach. Von diesem Schmerz sprach sie niemals, er blieb ein Geheimnis zwischen ihr und ihrem Körper.)

Françoise spürte Jeans Haar an ihrer Wange.

Sie betrachtete seine schmaler gewordenen Finger auf dem Laken – und zog sie zu sich heran.

Ungewisse Freuden, Kummer, verschüttete Seelen – Kunstwerke und Landschaften, Unruhe, Güte und Versagen. Das Herz zum Bersten von Liebe erfüllt, sie wollte am liebsten mit ihren beiden blassen Händen die Traurigkeit und die Schönheit der ganzen Welt umfangen.

* * *

Der letzte Tag

— VI —

»Um halb eins, Schatz?«

»Ja. Auf Wiedersehen, Kleines.«

Draußen dreht Jean sich um, blickt zum Fenster hinauf und winkt Françoise zu, die ihre Stirn ans Fenster preßt und ihm mit den Augen folgt, bis er außer Sichtweite ist.

Auf dem Weg ins Gymnasium, an dem er unterrichtet, stellt Jean sich seinen Arbeitstag vor: zwei Stunden in der Sechs b, eine Stunde in der Fünf a, eine Stunde in der Fünf b.

»Die Subtraktion ist eine Rechenart, bei der …«, wird Nicolas Joniaux mit seiner nervtötenden Stimme herunterleiern. Ach ja, der! Jean sieht bereits das bläßliche Gesicht des Jungen vor sich, sein trauriges, einfältiges Lächeln, seine rauhe Haut, die die Tinte aufzusaugen scheint. Und der Gipfel ist, daß er auch noch schielt. Zehn, zwanzig, vierzig Köpfe mit struppigem, ungekämmtem Haar, dazu der Geruch von vierzig Kindern, die viel zu hastig gewaschen wurden. Im Lehrerzimmer wird er seinen Kollegen die Hand schütteln, wird sie sagen hören, daß Picasso von den Deutschen bezahlt wird, um in Frankreich schlechte Malerei zu verbreiten. Er wird sich darüber aufregen und es sich mit den anderen verderben. Die können mir alle den Buckel runterrutschen. Ein Haufen Idioten! denkt er wütend. Und ich selbst bin auch nicht besser, fügt er hinzu, denn er hat eben seine eigene Stimme gehört: »Douffet René, ich habe Ihnen schon einmal gesagt, daß Sie einen breiteren Rand für die Korrekturen lassen sollen.« Dabei mache ich einen guten Unterricht. Die Leistungen meiner Schüler sind ganz hervorragend. Glückwünsche von den Schulräten, Hochachtung von Seiten der Eltern und all so etwas. Vielleicht bin ich dafür geschaffen.

Jean grinst und setzt seinen Weg fort. Er beschleunigt seinen Schritt, so als könnte er dadurch seine vier Stunden schneller hinter sich bringen. Um zwölf würde er das schwarze Gebäude wieder verlassen und nach Hause gehen, wo seine Frau auf ihn wartete, Françoise. Seltsam, wie sich diese Dinge ganz von allein einspielen.

Oh, er hat noch große Erwartungen ans Leben. Doch er sieht die Dinge schon wieder anders, wenn er sich vorstellt, Françoise könnte ihn betrügen. Und wenn sie plötzlich stirbt? Er sieht vor sich, wie sehr ihn das treffen und aus der Bahn werfen würde, eine düstere, beängstigende Vorstellung. Es würde ihm das Herz brechen. Und vor diesem unscharfen Hintergrund tauchen Bilder auf, die jämmerlich und geschmacklos sind: Trauerkleidung, Kerzengeruch, in

Tränen aufgelöste Eltern, ein wächsernes Gesicht. Jean spürt, wie seine Knie weich werden, ihm ist ein wenig übel.

»Was für ein dummes Gedankenspiel.«

Er holt tief Luft, sein Gang wird wieder normal. Was bleibt, ist der unbändige Wunsch, jetzt gleich nach Hause zurückzukehren und Françoise fest an seine Brust zu drücken.

Er ist jetzt vollkommen ruhig: »Françoise. Ja, natürlich Françoise. Aber ...«

Françoise hat sich vom Fenster abgewendet. Sie trinkt in kleinen Schlucken ihren Kaffee aus und überlegt dabei, was sie zum Mittagessen kochen wird. Vielleicht einen Apfelauflauf. Das ist eines von Jeans Lieblingsgerichten. Und sie würde auf den Markt gehen, um Blumen und frisches Gemüse zu kaufen. Françoise gibt einer schweren morgendlichen Trägheit nach und bleibt vor dem gedeckten Frühstückstisch sitzen, in ihrem Körper noch immer die gefährliche Lust, sich nochmals ins warme Bett zu legen. Sie zündet sich eine Zigarette an, die erste des Tages, die beste. Sie atmet durch und nimmt den leichten Nachtgeruch ihres noch nicht gewaschenen Körpers wahr, den sie gar nicht so unangenehm findet.

Später, nach dem Baden, wird sie sich mit Lavendelwasser einreiben, ein passendes Tuch zu ihrem Kleid aussuchen und sich schminken, wie alle Frauen, die hübsch aussehen wollen.

Was wäre, wenn sie allein lebte? Sie würde sich wahrscheinlich ziemlich gehenlassen. Sie würde wenig ausgehen, den ganzen Tag im Bett liegen und sich nur rühren, um sich ein neues Buch oder neues Schreibpapier zu holen, das sie mit ihrer schnellen Schrift bedecken würde. Sie würde einfach irgend etwas essen, und zwar direkt aus dem Einpackpapier.

Das wäre ein schönes Lotterleben, denkt sie belustigt.

Sie erinnert sich daran, vor Jahren die merkwürdige Geschichte der Gefangenen von Poitiers gelesen zu haben, Mélanie Bastian, die unter einer dicken Schmutzschicht gleichsam verschwand und die ihr Gesicht in einem Tuch versteckte, das von Ungeziefer wimmelte. Sie sagt: »Meine liebe kleine Höhle. Mein liebes Tüchlein.«

Und plötzlich kann Françoise diese Frau verstehen.

Es dauert nicht mehr lange, bis Jean ihr mit der Hand übers Haar streichen wird: »Was für eine hübsche Frisur du hast«, wird er liebevoll sagen.

»Ach, du hast Zinnien mitgebracht, was für ein wunderschöner Korb.«

Obwohl sie erst seit einigen Monaten verheiratet ist, hat sie schnell erkannt, daß sie sich bei diesem Spiel nicht in die Karten schauen lassen darf. Es gab eine Vielzahl von Einzelheiten zu beachten, deren eigentlicher Sinn ihr noch nicht klar war. Sie durfte vor allem ihre Wünsche und Hoffnungen nicht aus dem Auge verlieren: Es war noch zu früh, als daß sich irgend etwas schon erfüllt hätte. Es ging am Anfang einer neuen Phase nur darum, das Provisorium erträglich zu machen. Ein kostbares Wort – und es kam sogar vor, daß Françoise sich selbst damit beschwichtigte, mit dem geheuchelten Wohlwollen, das man auch in der Miene der Erwachsenen sieht, die Kindern Versprechungen machen, die zu halten sie nicht beabsichtigen.

Eine Frau, die verliebt ist, spielt immer eine Rolle, denkt Françoise, stützt die Ellbogen auf den Tisch und legt ihre Hände an die Schläfen. Ihre Gesichtszüge sind noch markanter geworden. Sie hat seit ihrer Fehlgeburt abgenommen, aber sie ist dadurch schöner geworden. In diesem herben Gesicht wirken ihre Augen mit den dunklen Schatten etwas müde, und sie haben zugleich etwas Beunruhigendes.

Sie hat ihre Zigarette so weit heruntergeraucht, daß zwischen ihren Fingern nur noch ein kleiner bräunlicher Stummel übriggeblieben ist, den sie auf dem Rand eines Tellers ausdrückt. Es ist nicht mehr warm, obwohl erst Oktober, und man muß schon heizen, lange bevor es dunkel wird. Sie steht auf, holt die Asche vom Vortag aus dem Ofen, hebt einen Zipfel ihres Morgenrocks und trägt darin frisches Feuerholz herein.

»Jetzt störe ich dich mitten bei der Küchenarbeit.«

»Aber nein, hör mal. Komm doch mit in die Küche.«

Thérèse sah Françoise zu, wie sie das Gemüse putzte, das sie vom Markt mitgebracht hatte.

»Du bist ganz schön schnell. Bist schon eine richtige Hausfrau geworden.«

»Was soll ich machen, man gewöhnt sich eben an alles, wie es so schön heißt.«

Thérèse schob die Zeitung mit den Gemüseabfällen von sich und verschränkte die Arme auf dem Tisch. Sie schien zu zögern, bevor sie mit kindlichem Schmollen meinte: »Also, ich kann es dir gleich sagen. Ich bin heute morgen aus einem bestimmten Grund zu dir gekommen. Ich habe einen Entschluß gefaßt: Ich habe Raymond geschrieben. Der Brief ist hier in meiner Tasche. Ich werde ihn in den nächsten Briefkasten stecken, sobald ich aus dieser Tür gehe.«

»Aha, was für einen Brief denn?«

»Einen Abschiedsbrief!« brachte sie mit theatralischer Miene hervor.

»Na, sieh mal an. Das habe ich mir fast gedacht. Nun gut. Aber gestatte mir, daß ich dir die übliche Frage stelle: Hast du dir das auch gut überlegt?«

Ja, sie hatte das Für und Wider gegeneinander abgewogen. Auch wenn sie am Anfang so eine Art Liebeskomödie gespielt hatte, empfand sie mit der Zeit Zuneigung für Raymond, und sie wußte, daß sie vermutlich eine lange Zeit unter dieser Trennung leiden würde. Doch gleichzeitig wäre es auch eine Befreiung für sie. Sicherlich hatte Raymond viele Qualitäten, doch er dachte und fühlte ganz anders als sie, und seine Wünsche und Sehnsüchte gingen in eine andere Richtung. Und wenn sie mit ihm zusammen war, sah sie nur noch das, was ihr an ihm fehlte und warum er niemals der Mann sein konnte, dem sie ihre ganze Liebe schenken konnte.

»Nein«, schloß sie, »er ist nicht der Richtige für mich.«

Françoise war beim Zuhören mit ihren flinken, fast schon automatischen Handgriffen mit ihrer Hausarbeit fortgefahren.

Jetzt hielt sie mitten in der Bewegung inne, einen Apfel in der einen, ein Küchenmesser in der anderen Hand. »Nun kann ich dir wirklich nicht mehr folgen«, sagte sie. »Ich habe auch die Vorstellung von einem idealen Partner gehabt, der mich vollkommen versteht, der mir all das sagt, wonach ich mich sehne, und den ich bewundern kann. Aber nichts sagt mir, daß ich diesen Mann auch wirklich geliebt hätte, wenn ich ihm denn begegnet wäre. Liebe ist, wenn man für einen bestimmten Menschen mehr Zuneigung empfindet als für alle anderen. Und wenn man ihn so liebt, wie er ist.«

»Nach deiner Theorie ginge die Liebe einher mit Nachsicht.«

»Das ist keine Theorie. Außerdem hat es nichts mit Nachsicht zu tun: Es geht bestimmt nicht darum, die

Fehler oder Mängel des anderen zu ›akzeptieren‹, sondern darum, sie gern zu haben. Wenn man liebt, leidet man nie darunter, daß man etwas entbehrt.«

»Vielleicht ist das deine ganz persönliche Vorstellung von der Liebe. Aber vielleicht liebe ich Raymond einfach nicht. Im Moment habe ich das Gefühl, es wäre reine Feigheit, wenn ich mich nicht von dieser Bindung befreie, die mich erstickt und daran hindert, mich so zu entfalten, wie ich es mir wünsche.«

Sie unterhielten sich noch lange in der winzigen überheizten Küche, in der es nach gebratenem Fleisch und warmem Gemüse roch. Während sie weiterredete, machte Françoise sich am Herd zu schaffen, schob die Kochtöpfe herum, wischte sich die Hände an ihrer Schürze ab. Hin und wieder kam sie zum Tisch zurück, setzte sich einen Moment und nahm einige Züge von Thérèses Zigarette.

Als sie Thérèse bis zu den ersten Treppenstufen hinausbegleitete, ließ sie die Wohnungstür hinter sich offen. Über das Treppengeländer gelehnt folgte sie ihrer Freundin mit den Augen. Ihre zerbrechliche Gestalt zeichnete sich unter dem hellen Stoff ihres Mantels ab. Ihr Gang war ein wenig zu federnd, der kleine Kopf stolz in die Höhe gereckt. Auch wenn sie sie jetzt nicht sehen konnte, so kannte sie ihre hellen Augen nur zu gut: sprühend vor Intelligenz, leuchtend vor Erwartung.

Am liebsten würde sie diese Gestalt, die sie so sehr mochte, an den Schultern packen, auf die Erde drükken und diesen Augen für immer die Hoffnung nehmen.

* * *

Als Jean nach Hause kam, trug Françoise ein Tablett mit Geschirr ins Eßzimmer, um den Tisch zu decken.

»Vorsicht!« rief sie, als er sich ihr näherte, »ich lasse gleich alles fallen.«

Um sie zu erschrecken, folgte er ihr ins Eßzimmer und kitzelte ihren Arm. Sie stellte schnell das Tablett ab und wandte sich lachend von Jean ab. Er verfolgte sie um den Tisch herum und hörte nicht auf, sie zu necken, bis sie außer Atem war.

Auf einmal wurde er wieder ernst, nahm sie in den Arm und küßte sie lange. »Ich liebe dich viel zu sehr«, sagte er. »Das zehrt an mir.«

Männer sind doch ganz schön dumm, dachte Françoise. Immer diese Angst zu unterliegen. Und dieser uralte Glaube an die Freiheit, dieser Fluchtinstinkt. Doch sie sagt nichts. Sie hebt ihren Kopf zu ihm und lächelt ihn an. Sie wußte, wie dieses Gesicht manchmal im Halbdunkel aussah, wenn es von Gefühlen überwältigt war. Sie selbst dagegen behielt, auch während der wildesten Zärtlichkeiten, einen vollkommen klaren Kopf, was sie jedoch sehr viel mehr anstrengte, als wenn sie sich vollkommen gehenlassen könnte.

Jean hatte Françoises Gesicht mit den Händen umfaßt, auch er betrachtete sie: Sie war noch keine zwanzig Jahre alt, und ihre etwas zerrauften Haare, ihre vom raschen Atmen halb geöffneten Lippen, ihr knabenhaftes Lächeln gaben ihrem Gesicht etwas Kindliches. Er zog sie an seine Schulter, stolz darauf, sie glücklich zu machen und diesen Mädchenkopf in seinem Arm wiegen zu können.

Nach dem Essen legte Jean sich auf das Sofa, um einen kurzen Mittagsschlaf zu halten. Françoise saß am Schreibtisch und nahm einen Brief von Luc in die Hand, um ihn nochmals zu lesen. Er war vor einigen Tagen angekommen, und sie hatte noch nicht darauf geantwortet.

Lucs Mutter war im Frühsommer plötzlich gestorben. Einen Monat später war Luc nach Marseille aufgebrochen und hatte dort auf einem Handelsschiff angeheuert, das Kurs auf die Antillen nahm.

Seine ersten Briefe klangen ziemlich begeistert. Dieser hier war wie üblich mit zahlreichen Zeichnungen geschmückt. Zuerst fiel ein herrliches Segelschiff ins Auge, die Bildunterschrift lautete: »Mein Schiff«. Weiter unten hatte Luc sich selbst gezeichnet, wie er, auf Taurollen sitzend, »gestern um fünf Uhr nachmittags das überraschende Schauspiel zeichnete, das sich meinen erstaunten Augen bot«. Er hatte als PS hinzugefügt: »1) mein Boot hat keine Segel, es ist ein alter scheppernder Kahn, der nach Schmiere und Benzin stinkt, 2) gestern um fünf Uhr hatte ich Dienst und mußte die Klos auf dem Frachter putzen.«

Und sein Brief endete folgendermaßen: »Es kommt durchaus vor – wenn auch selten, weil ich kaum Freizeit habe –, daß ich die einheimischen Frauen zeichnen will. Und wenn ich eine fertige Zeichnung ansehe, sind es immer die Gesichtszüge von Thérèse oder die Ihren, Madame, die ich darauf wiederfinde.«

Françoise lächelte: »Armer Luc, es wird nicht lange dauern, und er kommt wieder zurück. Das hat sich gelohnt! Ein Fehlschlag auf der ganzen Linie«, murmelte sie und faltete die Blätter wieder zusammen.

»Wie spät?« fragte Jean erschrocken und setzte sich mit schlaftrunkenen Augen auf.

»Zwei Uhr.«

»Noch ein paar Minuten, bevor dieser dämliche Schüler zu seiner Nachhilfestunde kommt.«

Er ließ sich wieder auf die Kissen fallen.

Françoise trat zu ihm. Sie betrachtete zärtlich die jungen Gesichtszüge, die der Schlaf geglättet hatte und die ihren linkischen jungenhaften Charme wiedergewonnen hatten.

Sie beugte sich zu ihm herab und berührte seine Stirn. Der vertraute Kontakt mit dieser warmen Hand weckte ihn nicht. Bald nahm sie die leisen Schnarchgeräusche wahr, die er beim Schlafen machte.

Eine Drehorgel hielt unter ihrem Fenster. Es gab viele Drehorgeln in der Stadt, die meisten wurden von Frauen geschoben, die sich den Kopf mit einem bunten Tuch umwickelten, um wie Zigeunerinnen auszusehen.

Françoise hörte das zarte Klimpern, das ohne jeden Nachhall in die trockene Luft emporstieg. »Katzenmusik«, wie Jean es nannte.

Françoise lauschte diesen Klängen und ließ sich nur zu gern von der Melancholie der Tonfolge anstecken.

* * *

Thérèse ist zum Mittagessen nicht nach Hause gegangen. Sie hat sich ziellos durch die Stadt treiben lassen.

Als sie schließlich müde geworden ist, betritt sie ein Café. Der Besitzer verteilt mit weiten und ruhigen Bewegungen Sand auf den Bodenfliesen, so als würde er Samen ausstreuen. Sein Sohn, ein Junge von acht Jahren, hat sich an einen Tisch in der Nähe des Tresens gesetzt. Er macht seine Hausaufgaben auf einer Schiefertafel, auf der abends die Billardspieler den Punktestand notieren.

Thérèse ist hungrig. Sie bestellt ein belegtes Brot. Man bringt ihr ein Butterbrot mit Käse, und sie beißt traurig hinein.

In diesem stillen kleinen Lokal, in dem sie heute zum erstenmal ist, hat sie das Gefühl, in einer fremden Stadt zu sein.

Allein leben, ihr neues Leben nach ihrem eigenen Willen und Geschmack einrichten – mit Unternehmungsgeist und ein wenig Wagemut würde es schon gehen. Eine Theatertruppe gründen. Sie selbst würde die Leitung übernehmen. Eine Gruppe interessanter Menschen. Und ein Stück einstudieren, das ganz zeitgemäß wäre. Mit viel Sorgfalt und Engagement. Ein neues, originelles Konzept für eine Inszenierung. Dekoration, Dramaturgie, Kostüme. Es wäre ein Erfolg. Ein Riesenerfolg. Aber nicht von vornherein – zuerst müßten sie kämpfen. Sie denkt noch über eine Menge von Einzelheiten nach, die sie berücksichtigen müßten, sie bedenkt alles, was zu beachten ist.

In ihren Plänen für ihre neue Tätigkeit, für dieses verlockende, freie Leben, kommt Raymond nicht vor, doch Thérèse hat deswegen kein schlechtes Gewissen. Es liegt weder an ihrer Entschlossenheit noch an Kaltherzigkeit. Sondern daran, daß sie ganz genau weiß: Sie wird den Brief, den sie in ihrer Tasche trägt, nicht abschicken.

Thérèse verläßt das Café und nimmt ihren ziellosen Spaziergang wieder auf.

Gegen Ende des Nachmittags setzt sie sich auf einen Platz an einem Teich. Die Sonne hat keine wärmende Kraft mehr, und der Abend verspricht recht kühl zu werden. Doch Thérèse hat dennoch keine Lust, nach Hause zu gehen. Völlig erschöpft bleibt sie einfach auf der Bank sitzen.

Sie ist unfähig, sich von der Stelle zu bewegen, von einer grenzenlosen Müdigkeit überwältigt. Immer diese Schwere, die ihren ganzen Körper lähmt und an den Schultern und in den Knien eine Art schmerzhaftes Kribbeln verursacht. Schließlich richtet sie sich auf. Sie nimmt den Brief aus der Tasche und zerreißt ihn. Mechanisch will sie die Schnipsel ins Wasser streuen, doch diese Geste erscheint ihr zu übertrieben romantisch, so daß sie sie schließlich in ihrer Hand zu einer Kugel zusammenpreßt und in die Manteltasche steckt.

Sie erhebt sich und geht langsam in Richtung Stadtzentrum.

Der Schein der Neonreklamen beleuchtet bereits die Straßen, vor den Kinos sammeln sich die Menschen. Hinter den Scheiben der Restaurants sieht sie kauende Männer vor ihrem Essen, das sie mit schäumendem Bier hinunterspülen. Frauen, deren Arme mit Paketen beladen sind, treffen sich mit ihren Männern in den Straßencafés. Pärchen bleiben vor ihren leeren Gläsern sitzen – es ist schon kalt, die Frauen schließen ihren neuen Mantelkragen, der mit einem Fuchs besetzt ist: Die erloschenen Augen starren auf die Fetzen des violetten Himmels, der sich zwischen den Häusern zeigt.

Vor dem Gebäude einer großen Tageszeitung bleiben die Leute stehen und heben die Nasen zum oberen Ende der Fassade: Das Spiel einer Reihe kleiner Glühbirnen läßt auf einer schmalen Banderole bedrohliche Neuigkeiten vorbeiziehen. Weiter unter, auf der linken Seite, bilden Pünktchen alle paar Sekunden eine Zahl und rufen einen mit unglaublicher Schamlosigkeit zur Ordnung.

Ein fliegender Händler vor einem Pritschentisch

bietet für zwei Francs fünfundsiebzig einen Topf Schuhcreme, eine Brieftasche aus Kunstleder und drei Kragenknöpfe feil. Gaffer stehen im Kreis um ihn herum, ihren Augen entgeht keine seiner Gesten, ihr Mund verzieht sich, bis sie unbewußt die Mimik des Marktschreiers imitieren. Schließlich gehen sie weiter, ohne etwas gekauft zu haben. Junge Mädchen, meist in Begleitung, kommen aus einer Buchhandlung, einem Schallplattenladen, einem Sportgeschäft – sie überqueren den Gehweg, legen ihre gepflegte Hand auf die Tür eines wartenden Autos.

Man nahm sie kaum wahr, nur für die Zeit eines Lächelns, und sie verschwanden wieder, ohne daß man die geringste Vorstellung von ihnen bekommen hätte.

Thérèse betrachtet all dies mit gleichgültigen Augen. Unter diesen Leuten, mit ihren geteilten oder uneingestandenen Sorgen, in dieser geschäftigen Stadt, hatte sie das Gefühl, überflüssig zu sein.

Thérèse stand am Rand der Fahrbahn und wartete darauf, daß die Ampel ihr erlaubte, auf die andere Seite zu gehen. Der Weg wäre schon ein paarmal frei gewesen, doch Thérèse blieb zerstreut stehen.

Sie dachte daran, daß es bald Winter wurde und daß es schön wäre, sich wieder um den Ofen im *Diable au Corps* zu versammeln. Luc würde auch wieder bei ihnen sein, daran bestand kein Zweifel.

Sie sah, wie ein Bettlerpaar auf sie zukam: Eine alte Frau führte ihren blinden Mann an der Hand. Solchen Leuten gibt man für gewöhnlich ein bißchen Kleingeld. Das nennt man eine gute Tat. Thérèse fand in ihrer Handtasche nur einen Zwanzig-Francs-Schein. Na gut, dachte sie bei sich, im Namen von uns allen. Und sie legte den Schein in die Bettlerschale des Alten.

Die Frau blieb wie angewurzelt stehen. Sie murmelte hinter Thérèse her: »Danke, mein liebes Fräulein, wir werden für Sie beten. Sie sind zu gütig zu uns, danke von einem armen Blinden.«

Gereizt wandte Thérèse sich schließlich um: »Wenn du wüßtest, wie egal mir dein armer Blinder ist«, sagte sie und ging davon.

Nachwort

Madeleine Bourdouxhe war Ende Zwanzig, als sie in den Jahren 1934–1935 ihren ersten Roman schrieb: Sie gab ihm den Titel *Vacances*. Die deutsche Ausgabe von 2002 ist die Erstveröffentlichung dieses Werkes, das 1936 lediglich in kleinen Ausschnitten in einer belgischen Anarchistenzeitschrift gedruckt wurde. Der Text wirkt zwar fragmentarisch, doch seine überraschend freizügige Haltung gegenüber Themen wie Sex, Ehe, Abtreibung und der Freundschaft zwischen Frauen macht ihn zu einem kraftvollen Anfangswerk, das bereits die sichere Haltung der Autorin in den späteren Werken anklingen läßt.

Wie die meisten ihrer Geschichten spielt auch diese in einer nicht benannten französischsprachigen Stadt, diesmal in den frühen zwanziger Jahren, im Schatten des Ersten Weltkriegs.

Madeleine Bourdouxhe wurde von dem englischen Romanautor Jonathan Coe als »eine der bemerkenswertesten literarischen Entdeckungen der letzten Jahre« bezeichnet. Nachdem ihr Werk für ein halbes Jahrhundert nicht zugänglich war, wurde es in den letzten Jahren nicht nur in Frankreich und in ihrer Heimat Belgien neu aufgelegt, sondern auch in mehrere europäische Sprachen übersetzt und von der Kritik begeistert aufgenommen. Madeleine Bourdouxhe starb 1996, fünf Monate vor ihrem neunzigsten Geburtstag.

Schon in sehr jungen Jahren hatte sie beschlossen, Schriftstellerin zu werden. Als Kind erhielt sie die wichtigsten Impulse für ihre literarische Entwicklung von ihrem Großvater, der in ihr die Liebe zur französischen Lyrik und Philosophie weckte. 1914 zog sie mit ihren Eltern nach Paris, wo die Familie für die Dauer des Ersten Weltkriegs lebte. Nach ihrer Rückkehr nach Brüssel besuchte sie die Quinta, um nach Abschluß des Gymnasiums zwei Jahre Philosophie zu studieren. 1927 heiratete sie Jacques Muller, einen Mathematiklehrer, mit dem sie bis zu seinem Tod im Jahr 1974 zusammenblieb.

Nachdem sie *Vacances* 1935 abgeschlossen hatte, legte sie den Text beiseite und begann mit der Arbeit an einem neuen Roman, zu dem es sie offensichtlich drängte. Es wurde ihr Meisterwerk, *Gilles' Frau*. Der Roman wurde 1937 von Gallimard veröffentlicht, und zwar auf Empfehlung von Jean Paulhan, der für sein besonderes Gespür für literarische Talente bekannt war. Viele Kritiker, unter ihnen Raymond Queneau und Ramon Fernandez, waren begeistert. Madeleine Bourdouxhe galt als literarischer Stern mit einer blendenden Zukunft. Bei ihren Aufenthalten in Paris bewegte sie sich in Literaten- und Künstlerkreisen und freundete sich mit Jean-Paul Sartre und Simone de

Beauvoir an. In *Das andere Geschlecht* (1949) hob Simone de Beauvoir hervor, wie einzigartig Madeleine Bourdouxhe es verstanden habe, die unterschiedliche Bedeutung des Geschlechtsaktes für Männer und Frauen zu beschreiben.

Der Beginn des Zweiten Weltkriegs und die Geburt ihres Kindes änderte ihr Leben von Grund auf. Am Tag der Invasion Belgiens im Mai 1940 brachte sie ihr einziges Kind Marie in einer Brüsseler Geburtsklinik zur Welt. Zusammen mit ihrem Mann machte sie sich zu einer abenteuerlichen Reise in ein kleines Dorf bei Bordeaux auf. (Diese Flucht inspirierte sie zu der Erzählung *Unterm Pont Mirabeau fließt die Seine.*) Später im Jahr wurde sie, wie viele andere Belgier, von der Exilregierung gezwungen, nach Brüssel zurückzukehren, wo sie bis zum Ende des Krieges lebte.

Ihre schriftstellerischen Aktivitäten waren von dieser Zeit an durch die politischen Umstände äußerst eingeschränkt. Sie war während vieler Jahre leidenschaftlich mit dem Widerstand gegen den Faschismus verbunden – in den dreißiger Jahren hatte sie dem russischen Revolutionär Victor Serge Zuflucht geboten –, und die Okkupation Frankreichs und Belgiens sollte eine nachhaltige Wirkung auf sie ausüben. Unter dem Deckmantel eines bürgerlichen Lebens tat sie alles in ihrer Macht Stehende, um jüdischen Flüchtlingen, vor allem Frauen, Unterschlupf zu gewähren.

Ihre politische Haltung war allgemein bekannt, so

daß trotz begeisterter Gutachten französischer Lektoren über *Vacances* und andere ihrer Werke nach der Invasion Frankreichs Verhandlungen mit Gallimard nicht zu einem positiven Ergebnis führten. Der Grund waren »Anweisungen von ganz oben«. Ihre Überzeugung, der Verlag würde von der Besatzungsmacht geführt, spielte auch eine Rolle für den Bruch: Wie sie mir viele Jahre später in Brüssel erzählte – es war in den späten achtziger Jahren –, hatten sie und Jean Paulhan sich zur damaligen Zeit geschworen, das Verlagshaus nie mehr zu betreten. Ihre späteren Werke, *Auf der Suche nach Marie* (1943), *Unterm Pont Mirabeau fließt die Seine* (1944) und eine ganze Anzahl von Erzählungen wurden in Belgien verlegt. Sie schrieb bis an ihr Lebensende, überwiegend Erzählungen, doch ihre erste Karriere als Schriftstellerin endete, als sie fünfunddreißig Jahre alt war.

Vacances blieb immer eines von Madeleine Bourdouxhes Lieblingswerken, auch wenn sie es als unvollendet bezeichnete. Bei einem meiner Besuche in Brüssel legte sie es mir einmal besonders ans Herz. Die Tatsache, daß ich plante, ihr Werk ins Englische zu übersetzen, und mein Wunsch, einen biographischen und interpretatorischen Rahmen für das Verständnis ihrer besonderen literarischen Leistung zu schaffen, ermutigten sie. Ob ich *Vacances* lesen würde, fragte sie mich, um zu beurteilen, ob man es noch veröffentlichen könne.

Überraschend offen für jemanden, der sehr zurückhaltend damit war, zwischen seinem Leben und seinem Werk Verbindungen herzustellen, gab sie zu, daß das Buch eine Reminiszenz an ihre »Jeunesse« an der Brüsseler Universität war, und sie lachte dabei mit ihrer rauchigen Stimme. »Wir waren gegen alles«, sagte sie mir. »Wir waren gegen die Regierung, einfach gegen alles. Wir waren eine kleine Gruppe, vier oder fünf junge Leute, die alle in eine andere Richtung aufbrachen, keiner aber in die, die unsere Lehrer uns zeigten. Wir waren an den Dingen interessiert, die aus unserem eigenen Inneren aufstiegen und die wir durch zufällige Lektüre in Buchhandlungen entdeckt hatten. Es gab keine wirklichen Vorbilder für uns, weder in unseren Familien noch in der Schule, noch an der Universität – wir folgten keiner Autorität. Wir wählten unsere eigene Ästhetik und ließen uns lediglich von Nietzsche, Gide und Apollinaire beeinflussen.«

Dies paßt genau zu dem Gruppenporträt, das sie in *Vacances* erstellt, wo eine Clique begabter Gymnasiasten und Studenten, nach außen hin sehr selbstsicher, doch im Innersten voller Angst, verzweifelt nach Möglichkeiten für Glück und Selbstverwirklichung in der Zukunft sucht. Das Verhältnis zu den Eltern, die zwangsläufig eine schlechtere Schulbildung haben, ist zwar voller Zuneigung, doch sind Vater und Mutter ohne wirkliche Bedeutung für das Verhalten ihrer Sprößlinge und haben nicht die geringste Kontrolle darüber. Diese Jugendlichen stehen an einem Punkt ihres Lebens, an dem alles und nichts möglich scheint. Sie hängen ein wenig in der Luft. In einem handschriftlichen Kommentar zu dem Roman, deren Adressat nicht bekannt ist und der erst nach ihrem Tod gefunden wurde, erklärt Bourdouxhe sehr genau, was dies bedeutet:

Die jungen Leute, um die es hier geht, leben an der Grenze zur Realität, in einer künstlichen Welt, die sie sich aus vielerlei Gründen geschaffen haben ... Es ist eine künstliche Welt, die sie nicht für endgültig halten. Sie fühlen sich wirklich wie »in den Ferien – en vacances«. Doch es sind traurige Ferien, weil sie nur aus Warten bestehen ... Die jungen Menschen sprudeln über vor Enthusiasmus und wünschen sich nichts sehnlicher, als an etwas glauben zu können, doch in ihrem Innern ist eine Vakanz, ein Vakuum. Mir liegt nichts an dem Wortspiel. Aber wenn Sie so wollen, hat das Wort »vacance/vacances« zwei Bedeutungen: Leere (in seinem Wortsinn) und im Plural die allgemein geläufige Bedeutung: Ferien. Die erste Bedeutung schwingt in der zweiten mit.

Bourdouxhe war von der Idee der Gruppendynamik fasziniert. In ihrem Lieblingscafé, im Diable au Corps, fühlen die jungen Leute sich sicher, bedienen sich der nur ihnen verständlichen Witze und Anspielungen, doch sobald jeder für sich allein ist, sind sie voller Ängste. Und sie sind ungeheuer verletzbar. Ihre große Sehnsucht ist eine Literatur, die zu ihnen spricht: Bei Apollinaire, Gide und Zola suchen sie die Orientierung für das eigene Leben. Eines der Bücher, die sie wie eine Bibel betrachten, ist *Uns nährt die Erde* (1897). Mit seiner Verachtung für konventionelle Werte und seiner Vision einer neuen intellektgesteuerten Freiheit in den frühen zwanziger Jahren wurde es zum Schlüsseltext für junge Radikale.

Je mehr der Roman sich entwickelt, desto stärker rücken die Frauen in den Vordergrund der Erzählung. Einer der Männer, Daniel, ein Dichter und Musiker, der Dostojewski vergöttert, nimmt sich das Leben (Selbstmord ist ein immer wiederkehrendes Thema in Bourdouxhes späterem Werk); zwei der anderen, Raymond und Luc, treten sporadisch auf, verschwinden jedoch gegen Ende völlig. Jean ist der einzige Mann, der als Charakter entwickelt wird, und, wie immer bei Bourdouxhe, ist seine Hauptfunktion die des Katalysators, in diesem Falle für Françoise. Es ist, als würde Bourdouxhe sich zu dem vorarbeiten, was später zu ihrem literarischen Hauptinteresse werden sollte: das geheime Gefühlsleben von Frauen. Für die Intensität ihrer Darstellung wurde sie von Kritikern mit Jean Rhys und Katherine Mansfield verglichen.

Bereits in diesem Erstlingswerk stellen sich ihre zentralen Frauenfiguren die ewiggleichen Fragen: Wie können Frauen sich zwischen häuslichem Leben und Freiheit entscheiden? Wie kann eine Frau sich selbst ein akzeptables Leben schaffen? Was kann eine Frau überhaupt tun? Solche Themen werden von Françoise und Thérèse unermüdlich erörtert. Am Ende des Romans haben die Umstände beide Frauen in ganz unterschiedliche Richtungen geführt, und wenngleich Bourdouxhe insistiert, daß sie keine Ahnung habe, was aus den beiden wird, so gibt sie uns doch eine ganze Reihe von Anhaltspunkten.

Françoise und Thérèse sind eine Vorwegnahme der beiden Frauentypen, die auch im Mittelpunkt der späteren Werke Bourdouxhes stehen. Françoise, schüchtern, unschuldig, linkisch, hat viele Gemeinsamkeiten mit Elisa in *Gilles' Frau*, einer Frau, deren Leben durch die Ehe zugleich bereichert und eingeschränkt wird. Françoise lebt überwiegend in ihrer Gedankenwelt und verbringt ihre Kindheit zur Zeit des Ersten Weltkriegs in Paris mit imaginären Freunden. Doch selbst mit ihren siebzehn Jahren macht sie gelegentlich den Eindruck, als sei sie mit ihren Gedanken in anderen Sphären. Aber nachdem sie und Jean zum erstenmal miteinander geschlafen haben (seltsamerweise fehlt gerade diese Liebesszene, die etwa vier Seiten umfaßt, im maschinengeschriebenen Originalmanuskript, hier S. 65), hat sich etwas unwiderruflich geändert; von jetzt an sieht Françoise die Welt ganz und gar durch seine Augen. Es ist ein nicht umzukehrender Moment, wie Gilles' Blick auf Elisas Schwester Victorine, die eine Briefmarke anleckt, wie der entscheidende Blick, den Marie und der namenlose Jüngling einander am Strand zuwerfen. Damit bindet Françoise sich mit völliger Ausschließlichkeit an Jean, und, wie bei Elisa, wird jeder daraus folgende Schmerz und jegliche Verantwortung stoisch von ihr allein getragen. Nach einer mißglückten Abtreibung, die zu einer späteren Fehlgeburt führt, erinnert sich Françoise »in allen Einzelheiten an dieses warme, blutige kleine Päckchen zwischen ihren Beinen«. Sie lebt mit diesem Schmerz, ohne jemals darüber zu sprechen – »er blieb ein Geheimnis zwischen ihr und ihrem Körper«. In Anbetracht von Jeans lockerem Lebenswandel vor der Ehe, kann die eheliche Zukunft nur düster aussehen. »Françoise liebte Jean«, sagt die Autorin in einem ihrer Erzählerkommentare und »Jean ließ sich von Françoise lieben.«

Im Gegensatz dazu wartet Thérèse. Obwohl sie eine weniger sympathische Frauenfigur ist als Marie in *Auf der Suche nach Marie*, gibt es zwischen diesen beiden Charakteren eine Reihe von Gemeinsamkeiten. Wie Marie trifft Thérèse (ihr Name ist möglicherweise ein Anklang an Zolas Thérèse Raquin) schließlich die Entscheidung, ihr Leben aus eigener Kraft zu gestalten. Sie sucht keine feste Bindung, sondern eine Art »Befreiung«. In der letzten Szene steht die Waise Thérèse mit ihrem langen, schmalen Gesicht, dem schlanken Hals und den riesigen blauen Augen im Vordergrund der Erzählung. Nachdem sie die innigste Freundschaft mit Françoise verbunden hat – eine rückhaltlose Freundschaft zwischen Frauen, in der es keine Geheimnisse gibt –, ist ihr bewußt geworden, daß sie ihre Zukunft fest in die eigenen Hände nehmen und sich selbst ein unabhängiges Leben aufbauen muß. Wie Marie geht sie allein durch die Stadt und träumt davon, was die nächsten Jahre ihr wohl bringen werden. Sie könnte eine Schauspieltruppe gründen; vielleicht entwickelt sie eine ganz neue Art der Dramaturgie. Am Anfang wird sie kämpfen müssen, doch am Ende wird sie großen Erfolg haben. Und sie wird allein leben. Doch jetzt kommt der Winter, und zunächst wird es noch viele Abende mit der Clique im Diable au Corps geben …

Als ich die Interviews nochmals anhörte, die ich mit Madeleine Bourdouxhe 1988 und 1989 geführt habe, fiel mir auf, wie sehr sie die Eigenständigkeit ihrer Charaktere betont. Zunächst sind es ihre Geschöpfe, doch dann entwickeln sie ein Eigenleben, über das die Autorin anscheinend keinerlei Kontrolle mehr hat. Dies geschieht ganz besonders in *Gilles' Frau*: Sie erklärt, wie sie versucht hat, Elisa vom Selbstmord abzuhalten: Ich habe immer wieder zu ihr gesagt: ›Warte, tu's nicht!‹« Doch Elisa war für sie nicht mehr erreichbar. In diesem Buch, das anders als *Gilles' Frau* eine Zukunft andeutet, in der alles möglich ist, läßt sie einige Fragen offen. »Was wird mit ihnen geschehen, wenn sie erst einmal vom Leben vereinnahmt sind?« fragt sie in ihrem Kommentar. »Werden sie ihre geheime Welt erhalten können, um dort gelegentlich wieder Zuflucht zu finden? ... Vielleicht werden sie alle, unbewußt oder auch absichtlich, ganz unterschiedliche Wege einschlagen. Ich sage ›vielleicht‹, denn das Wichtigste ist: Natürlich habe ich diese Charaktere nach Vorbildern geschaffen. Doch je mehr die Geschichte sich entwickelt, desto mehr entfernen sich diese Charaktere von mir und wollen auf ihre eigene Art und Weise leben.«

Mir ist, als hörte ich noch immer das kehlige Lachen, das diese Worte begleitete.

Faith Evans

Madeleine Bourdoux he

Gilles' Frau

Aus dem Französischen von Monika Schlitzer. Mit einem Nachwort von Faith Evans. 166 Seiten. Serie Piper

Madeleine Bourdouxhes Drama einer zerstörerischen Leidenschaft ist eine Wiederentdeckung von höchstem literarischen Rang. Die leidenschaftliche Dreiecksgeschichte zwischen Elisa, ihrer Schwester Victorine und Gilles ist in ihrer Direktheit und Ausweglosigkeit ein Glanzstück der klassischen Moderne: Sinnlich, kühn – und von kammerspielartiger Intensität.

»Sie wurde in der französischen Literaturszene gefeiert wegen ihrer subtilen und dichten Sprache, wegen ihrer genauen Beobachtungen und vor allem wegen der ungeheuren Intensität, mit der Madeleine Bourdouxhe Ängste, Hoffnungen, Stimmungen und Stille beschreibt.«
Der Spiegel

05/1114/01/L

Madeleine Bourdouxhe

Auf der Suche nach Marie

Roman. Aus dem Französischen von Monika Schlitzer. Mit einem Nachwort von Faith Evans. 192 Seiten. Serie Piper

Sie genießt den Ruf, die treueste und glücklichste alle Ehefrauen zu sein. Dennoch hat sie am Strand durchaus Augen für den jungen Mann in ihrer Nähe. Aus dem Blickkontakt wird eine lustvolle Affäre. Und Marie zermürbt sich nicht. Jedes Treffen mit ihrem Liebhaber ist ein ganz besonderes Glück, trotzdem verliert sie die Realität als feste Größe in ihrem Leben nicht aus den Augen. Ein literarisches Meisterwerk voller Leidenschaft, Liebe und Gefühl.

»Dieser Roman ist einer der schönsten Liebesromane, die es momentan zu lesen gibt.«
Die Woche

05/1342/01/R

SERIE PIPER

Dacia Maraini

Tage im August

Roman. Aus dem Italienischen von Herbert Schlüter. 230 Seiten. Serie Piper

Revolutionär und poetisch zugleich schildert Dacia Maraini in ihrem Romandebüt das sexuelle Erwachen ihrer jungen Heldin während eines Sommers am Meer. Anna kann es kaum erwarten, aus der beengten Welt des römischen Mädcheninternats auszubrechen. Genug hat sie vom dumpfen Geruch nach Küche und Weihrauch und den warnenden Worten der Nonnen. Voller Neugier macht das lebenshungrige Mädchen seine ersten Erfahrungen und verführt als unschuldige Lolita Männer jeden Alters … Der Roman, der die italienische Bestsellerautorin 1962 über Nacht berühmt machte.

»Auf jeder Seite spürt man unterschwellig die fatale Macht des Eros.«
L'Espresso

05/1455/01/L

Jean Rouaud

Die Felder der Ehre

Roman. Aus dem Französischen von Carina von Enzenberg und Hartmut Zahn. 217 Seiten. Serie Piper

Jean Rouaud erzählt in seinem mit dem Prix Goncourt ausgezeichneten Debütroman auf sehr persönliche Weise wichtige Stationen des vergangenen Jahrhunderts nach, indem er sich an die Geschichte seiner eigenen Familie erinnert. Anlaß zum Öffnen dieses Familienalbums geben drei Todesfälle, die sich alle im selben Winter ereignen und um die sich die Geschichte zentriert: der Großvater, der mit seinem zerbeulten 2CV die Gegend unsicher macht; die bigotte Tante Marie, die jeweils den Heiligen des Tages auf ihrer Seite hat und die für ihren im Großen Krieg gefallenen Bruder Joseph, den sie so liebte, ihre Weiblichkeit hingab; schließlich der Vater des Erzählers, dessen früher Tod die so subtil humorvolle und skurrile Chronik überschattet und ihr unausgesprochene Tragik verleiht.

05/1134/01/R

SERIE PIPER

Koos van Zomeren

Eine Tür im Oktober

Roman. Aus dem Niederländischen von Thomas Hauth. 341 Seiten. Serie Piper

Das Leben des renommierten Galeristen Walter in Den Haag ist rundum angenehm, aber vielleicht ein bißchen langweilig. Doch das ändert sich eines Tages gewaltig: Eine bildhübsche Frau betritt die Galerie und läßt sich von Walter die »Geheimgalerie« im Keller zeigen. Und wenig später taucht der genialische, aber notorisch geldgierige junge Maler Eddy Paas auf, um wieder einmal einen Vorschuß zu verlangen. Leider verliert Walter für einen kurzen Moment die Kontrolle, und auf einmal hat er ein großes Problem …

»Ein zauberhaft leichter Roman über lange im Dunkeln vergrabene und durch die Liebe ans Tageslicht gezerrte Leidenschaften, ein Genrebild von leiser, fast intimer Meisterschaft. Eine wahre Entdeckung also, und ein literarischer Höhepunkt aus unserem platten Nachbarland.«

Süddeutsche Zeitung

05/1435/01/L

Maarten 't Hart

Das Wüten der ganzen Welt

Roman. Aus dem Niederländischen von Marianne Holberg. 411 Seiten. Serie Piper

Alexander, Sohn des Lumpenhändlers im Hoofd und zwölf Jahre alt, lebt in der spießigen Enge der holländischen Provinz, in einer Welt voller Mißtrauen und strenger Rituale. Da wird der Junge Zeuge eines Mordes: Es ist ein naßkalter Dezembertag im Jahr 1956, Alexander spielt in der Scheune auf einem alten Klavier. In seiner unmittelbaren Nähe fällt ein Schuß, der Ortspolizist bricht leblos zusammen, Alexander aber hat den Schützen nicht erkennen können. Damit beginnt ein Trauma, das sein ganzes Leben bestimmen wird: Seine Jugend wird überschattet von der Angst, als Zeuge erschossen zu werden. In jahrzehntelanger Suche nach Motiven und Beweisen kommt er schließlich einem Drama von Schuld und Verrat auf die Spur.

05/1048/01/R

SERIE PIPER

Gwen Edelman

Erzähl mir vom Krieg

Roman. Aus dem Amerikanischen von Carina von Enzenberg. 180 Seiten. Serie Piper

Sie ist jung, behütet aufgewachsen, lebenshungrig. Er ist dreißig Jahre älter, hat als Jude den Zweiten Weltkrieg in Verstekken überlebt. Monatelang treffen sie sich in seiner abgedunkelten Wohnung, und er zieht sie immer weiter in seine Vergangenheit hinein … Die Amour fou zweier Getriebener: ein Wiener Jude, Emigrant in New York, und eine junge Frau ohne Geschichte, die ihm ausgeliefert ist. Gwen Edelmans perfekt gewobener Roman ist eine bittersüße Liebesgeschichte.

»Gwen Edelman stürzt in ihrem schmalen Roman auch den Leser in ein Wechselbad der Gefühle. Ein Buch, so packend wie Schlinks ›Vorleser‹.«
Rhein-Neckar-Zeitung

05/1453/01/L

Antonio Skármeta

Mit brennender Geduld

Roman. Aus dem chilenischen Spanisch von Willi Zurbrüggen. 150 Seiten. Serie Piper

Skármetas Roman ist eine poetische Hommage an den größten chilenischen Dichter des 20. Jahrhunderts, Pablo Neruda. »Mit brennender Geduld« erzählt die Geschichte einer Freundschaft zwischen dem Briefträger Mario Jiménez, dem Sohn eines Fischers in Isla Negra, und Pablo Neruda, dem weltberühmten Dichter. Mit Hilfe eines Gedichts, das Mario dem väterlichen Freund abringt, gewinnt er das Herz seiner Angebeteten: Die Macht des Wortes, die treffende Metapher, die Poesie wirken Wunder. Als Neruda von der Regierung Allende als Botschafter nach Paris entsandt wird, vergißt er seinen Briefträger nicht. Er schreibt ihm, und dafür schickt ihm Mario auf Tonband die Glockentöne, das Meeresrauschen, die Laute der Tiere und Menschen ins ferne Frankreich.

05/1125/01/R

SERIE PIPER

Sándor Márai

Das Vermächtnis der Eszter

Roman. Aus dem Ungarischen von Christina Viragh. 165 Seiten. Serie Piper

Vor zwanzig Jahren hat der Hochstapler Lajos, Eszters große und einzige Liebe, nicht nur sie, sondern auch ihre übrige Familie mit Charme und List bezaubert. Eszter hat es ihm nicht verziehen, daß er ihre Schwester Vilma geheiratet hat. Nun kehrt er zurück, um die tragischen Ereignisse von damals zu klären und die offenen Rechnungen zu begleichen. Bei dieser Gelegenheit kommen drei Briefe zum Vorschein, die für Eszter gedacht waren, die sie aber nie erhalten hatte …

»Mit großem Geschick, in einer aufs Wesentliche verknappten und suggestiv aufgeladenen Sprache, verknüpft Márai die Fäden einer desaströsen Liebes- und Lebensgeschichte, die in einem existentiellen Kampf gipfelt, den die Frage bestimmt: Wird Lajos wieder siegen und seinen letzten großen Betrug erfolgreich abschließen?«
Süddeutsche Zeitung

05/1381/01/L

Anja Lundholm

Geordnete Verhältnisse

Roman. 304 Seiten. Serie Piper

Neugierig, eigenwillig und manchmal auch ein bißchen vorlaut ist die neunjährige Ruth, die am Vorabend des Dritten Reiches in »geordneten Verhältnissen« aufwächst. Sie sehnt sich nach Zärtlichkeit und Anerkennung, die sie weder von ihrem außerordentlich strengen Vater noch von der Mutter bekommt. Die Konflikte in der Familie spitzen sich zu, als die SA auf den Straßen aufzumarschieren beginnt, denn Ruths Mutter ist Jüdin, was dem deutschnational gesinnten Vater höchst unangenehm ist … Einfühlsam, eigenwillig und mit Humor erinnert sich Anja Lundholm in diesem Roman an ihre Kindheit.

»Ein bemerkenswertes Buch: aufrichtig, klar, unbarmherzig, wo es sein muß, eine berührende Mischung von Wahrheitssuche und unerfüllten Geborgenheitswünschen.«
Neue Zürcher Zeitung

05/1433/01/R